JN114751

名著奇変【めいちょきへん】

柊サナカ
奥野じゅん
相川英輔
明良悠生
大林利江子
山口優

飛鳥新社

名著奇変

【めいちょ・きへん】〔名〕

国民的名著が奇変した様。
名作小説が持つＤＮＡを次世代の小説家が
進化させたホラーミステリ。

目次

SIX HORROR MYSTERIES,
Revived From Masterpieces.

These stories, based on Japanese classics,
are created by the next generation of novelists.

の中の手紙
柊サナカ

第1話
SNS
Feat. 葉山嘉樹『セメント樽の中の手紙』

けだるい朝だった。通学リュックを背負って、いつも通り、バス停までの道を歩く。代わり映えのしない景色だ。

バス停のわきに、植木鉢の枯れた観葉植物らしきものが、ずっと放置されている。この鉢植えは、いつからあったのだろう。きっと、高校に通い始めてから三年の今まで、ずっとそのまま放置され続けているのかもしれない。鉢植えだけじゃなくて、バス停に並ぶのも、だいたい同じ顔ぶれの乗客だ。

バス停には、湿度のあるぬるい風が吹いていた。これから雨が降るのだろう。せっかく朝、一生懸命なでつけたくせ毛が、変に膨らむのではないかと思って、髪を手のひらで押さえつけた。バスの時間には、まだ七分ほどある。

ＳＮＳをチェックしようと何気なくスマホを見ると、赤丸で１というマークがあるのに気付いた。どうやら新規メッセージが来ているらしい。部活も早めに引退してからは、ＳＮＳでメッセージを送ってくる人も、あまりいなくなっていた。

相手の名は〈ミコ〉という、まったく知らない名前だった。

女の子からメッセージが来るなんて珍しい。どうせ〈出会いを探しています〉みたいなスパムＤＭの類いだろう、と疑いつつも、そのメッセージをとりあえず開いてみた。


――私は工場で働く女です。私の恋人はＳＥで、プログラミングを仕事にしていました。そして十月の七日の朝、電車に乗り込もうとする時に、寝不足と過労がたたったのか、ホームに落ちました。見ていた人たちは助け出そうとしましたけれど、ホームに入ってきた列車に私の恋人は轢《ひ》かれてしまったのです。そして、恋人の身体は砕けて、線路の上の赤い石となりました。

骨も、肉も、魂もバラバラになりました。残ったものは、「おはよう。今日も疲れたけど行ってくるね」というSNSのメッセージのみです——

なんだこれは。

時代がかったような、一方的な文体が薄気味悪い。

なんで突然、こんなメッセージが来たのだろう。

いたずらにしても趣味が悪いし、最初のメッセージとして送られるべき内容でもない。

知り合いを頭の中で探ってみたが、〈ミコ〉という名前の子はひとりも知らない。

なんだこれは……。

その〈ミコ〉が誰なのか探ってやろうと思ったが、アカウントを調べても、特に何の活動もしておらず、投稿は一つもなかった。アイコンはただの無地の◯だ。色は薄いグレー。ただ、このアカウントが作られた時期は一年と少し前らしい。

単なる宛先の間違いだろう。

すぐにメッセージを消去して、相手もブロックしようと思ったが、何かが妙にひっかかる。

このメッセージに書いてある情報は、「恋人が死んだ」「電車に轢かれた」という情報のみだ。どこに住んでいる誰とも書いていないし、名前や年齢など、詳細は何もわからない。

おかしなことは他にもある。私は工場で働く女です。という書き出しの、言葉遣いからして、もう不自然だ。

この〝工場で働く女〟が本当の情報だと仮定すると、〈ミコ〉は、もう社会人なのだろうか。それなら、自分よりももっと年上ということになる。

工場で社員として働いている知り合いは、身近には一人もいない。友達で一人、バイクが欲しくて、休みは工場でバイトしているという奴もいるが、そいつがイタズラして送ってくるにしても、〝工場で働く女〟という言い回しは使わないはずだ。

このSNS自体、好きなアーティストの情報収集と、日常の軽い愚痴吐き用として使っていたので、ここへイタズラを仕掛けてくるような間柄の友達も思い当たらない。兄や姉もいないうえに、年上の知り合い自体少ない。

もしかしたら部活の先輩だろうか。二学年上でも記憶が怪しい。三学年上だともう知らない人だ。

それなら父か母の関係者か――。とも思うが、父はSEとはまるで関係のない、建設関係のエンジニアだし、母は塾でパートをしている。

なにより、親は知らないアカウントだ。このSNSをやっていることだって知らないだろう。仲の良い従兄と、このSNSでは薄いつながりがあるが、まだ大学生なので、亡くなったとされるSEの人とは、関係がないはずだ。

じゃあ、この〈ミコ〉という女は誰なのだろう。

なぜ自分にメッセージを送ってきたのだろう。

間違いなら、誰と間違えているのだろう。

わからないことだらけだ。

バスが来たので、列に続いてバスに乗り込む。カードを券売機にタッチさせると、無機質な音が響いた。カードケースには、キーホルダーをぶら下げている。闘う女の子のキャラクターだ。そのアニメのストーリーを頭の中で考えようとしたが、やはりさっきの奇妙なメッセージのことが気にかかる。

気味が悪い理由がわかった。

あのメッセージは、誰か宛てに送られたものが、宛先を間違えてこちらに来てしまったものだろう。そうだとしても、〈ミコ〉という女が、何を思ってそんなメッセージを書いたのかが、まったく読めないからだ。

もしも、自分の知り合いの誰かに、自分の恋人が不幸にして亡くなったことを伝えようとするなら、〝私は工場で働く女です〟という出だしでは書かないのではないか。

どうやったって、〝私はミコです〟だろう。いや、それでもおかしいか。〝ミコです、お知らせしたいことがあって〟とか、〝久しぶり、ミコです〟と書くだろう、普通。

私は学生です、みたいなノリで、私は工場で働く女です、なんて、どう考えてもおかしいよな……。

待てよ？

私は学生です。というような文章を、どこかで読んだことがある。この前も読んだ。よく目にしていたはずだ。

〈カホです。なかなか出会いがなくて。ちょっとだけでもお話できないかな？〉

そうだ、迷惑メールだ。一対一の相手じゃなくて、不特定多数に送るから、あんな不自然な感じになるのだ。

なんだこれ、やっぱり迷惑メールの一種か……と、ホッとしたが、同時に、朝から変な文章を送ってくるんじゃねえよと舌打ちした。

その〈ミコ〉というアカウントをブロックしかけて、やめた。

単純な迷惑メールとして片づけるには、まだ妙な点がある。

よく来る迷惑メールでは、〝確認をするために、このリンクをクリックしてください〟と、怪しげなリンクを踏ませようとしたり、〝ログアウトしたので、再ログインのためパスワードを入れてください〟と、何かのパスワードを入れさせようとしたり、何らかのアクションをこちらに促すことが多い。そういった騙《だま》しの手口があるのか、同じようなメールが立て続けに来たこともある。

迷惑メールにしては、このメッセージは、何も要求してきてはいない。もしかして、返信したら、この続きが送られてきて、何か罠《わな》にはめられるのかもしれないが。こちらから、〈ミコ〉に返信する気にはなれなかった。

なにもかもが異質だった。

まるで現実味のない奇妙な文章の中で、この日付だけが妙に目立っている。

〝十月の七日の朝〟

この文章の中の、唯一、具体的な情報だ。

十月の七日の朝？

十月って、何かあったっけ？

今はもう六月なので、その十月が去年の十月を指すなら、ほぼ半年前ということになる。そんな半年前のことなど、はっきり覚えているわけがない。どうして今ごろ？

日記でも書いていたら別だが、日記をつけるという習慣はないし、部活を引退してから、スマホのカレンダーアプリもあまり使っていない。

とりあえず、そのアプリを起動させて、去年の十月あたりを見てみたが、〈試合〉〈模試〉などの簡単な予定がばらばらと書きこまれているだけで、十月七日は日曜で、空白だった。

特に誰と何をしたと言う覚えもない。

やはり、自分には関係のない、間違いメッセージらしいと結論付けた。

この〈ミコ〉は、恋人の死で悲しみのあまり正気を失って、誰かれなしに、こうやっていろんなところにメッセージを送ってしまっているのかもしれない。そう思うと、〈ミコ〉がなんだか気の毒になってきた。でも、このメッセージの主である〈ミコ〉に、「そうですか。お気の毒に」と送るのも、ちょっと気味が悪い。もうこのメッセージのことは考えるのをやめようと思って、消去ボタンを押そうとしたが、それでも、妙に気にかかる。

バスを降りると駅前だった。人の流れに乗るようにして、またパスを改札機にタッチさせると、階段を上った。

駅のホームには、規則正しく列を作る人々が見えた。羊の群れみたいだな、とも思う。


ぶるっ、と手の中でスマホが震えた。

また、新着のメッセージが来た。

またあの〈ミコ〉からのメッセージだったら嫌だなと思いつつ、SNSを開いた。


——あの人はとても素敵な声をした人でした。私は公園でよくあの人と待ち合わせをしたのでした。公園は桜がきれいで、吹いてきた風に、桜の花びらが、たくさんひょうたん池の中に落ちました。私は、鯉がその花びらを食べてしまうのかどうか心配になりました。あの人は、桜を食べたら、きっと桃色の鯉が生まれるんだよと言うでしょう――

〈ミコ〉だった。

前にもまして意味がわからない。なんだろうこれは。

それと同時に、画像も送られてきた。ところが、その画像は真っ暗な闇だった。

気になって明るさやコントラストの設定をいろいろ変えてみたが、何も写っていない、ただの暗闇のようだった。

意味がわからない。メッセージの内容もよくわからない。あの人は〝恋人〟なのだろうし、だったら最初のメッセージで恋人が死んだと言っておいて、次にまた恋人の話をするのは、順序的にもおかしいのではないだろうか。

はっと気が付く。桜で、ひょうたん池で、鯉がいるのだったら、その公園を知っている。もう一年くらい前になるけれど、近道のため、友達と公園の真ん中を突っ切って行ったことがある。たしか、その公園には鯉がいた。〝桜の花びらが、ひょうたん池の中に落ちる〟かどうかはわからないのだけれど。そこでふざけて、池に飛び込む真似をする画像も撮って、SNSにあげたので、自分のSNSを探せばその投稿もあるはずだ。でもあれは、十月七日ではなかったと思う。あれはいつのことだ。その時、桜は咲いていたっけ？

いやいや待てよ。「桜」「池」「鯉」なんて、それこそ公園なら、どこにでもありふれている。誰にでも思いつくことだ。それに、やっぱり、この文章は変だ。

なんでだろう、とじっと眺めていて、ようやく気が付いた。〝あの人は、桜を食べたら、きっと桃色の鯉が生まれるんだよと言うでしょう〟ここが、どうして〝言うでしょう〟なんだろう？　過去の思い出話として、あの人は〝～と言いました〟でも〝～と言ったでしょう〟でもなく、あの人は〝～と言うでしょう〟なのだ。まるで今も恋人が存在しているみたいに。


また、手の中でぶるっとスマホが震える。

〈ミコ〉だ。


――あの人はとても素敵な手をした人でした。私は彼と手をつないでどこまでも歩きました。二人でブルーハワイのかき氷を食べましょう――


なんなんだこれ。

また画像が一枚添付されていた。さっき来たものと、まったく同じような暗闇だった。〝あの、送り先間違ってますよ〟とか、〝私には関係ないので、送るの止めてもらえませんか〟

と言いたいが、こちらから何か行動を起こすのも薄気味悪い。宛先くらいよく見て送ってほしい。いくら自分と関係ないとはいえ、こんなに執拗《しつよう》に連続で送られたら気になってくる。

誰なんだろう？

いつの間にか、ホームで立っている自分の前が空いていた。あわてて前のほうに詰める。ホームを、快速電車が通り過ぎて行った。ぬるい風が髪を乱したが、もはやどうでもよかった。

こんな意味不明のメッセージなんて消去してしまえばいいと思いつつも、消すことができない。何か重要なことを、見落としているような気がするのだ。

念のため、半年前だけではなく、カレンダーをたどって、一年と半年前の十月七日もチェックしてみる。やっぱり、この日付が妙に気にかかる。

一年と半年前のカレンダーを見ると、十月七日は空欄になっていて、十月八日に小テストの再試験（英語）とある。

一年生のときに、英語で頻繁に小テストをやっていたのは山口先生の授業だった。この英語の小テスト、受けたはずなのだが、再試験をするのは成績不振者と、欠席者に限られていた。英語はまあまあ得意なほうだったから、再テストにひっかかるほどの低い点数を取ったとは考えにくい。

英語の授業を欠席したのだろうと思うが、高一の時に、インフルエンザになったのはもっと寒い時期だったはず。病院につれていってもらった時も、寒くてコートを着て、マフラーをぐるぐる巻きにしていたから、たぶん十一月の終わりか十二月の始めだったはずだ。それまでは、特に学校を休むことはなかったように思う。十月もそうだ。

では、十月七日の朝。この日に何があった？

そういえば、あの再試験の時には、あいつが一緒だったな、と思う。

川島だ。

川島は朝が弱いらしく、しょっちゅう一時限目に遅刻していた。それでも山口先生の授業は、毎週小テストがあるので再試験でかなり面倒なことになる。だから川島も休んだら頑張って出席しようとしていたはずだった。

小テストの時にも川島は、「俺、電車遅延したんですよ！　遅刻じゃないって、本当です本当、悪いのは俺じゃないし、俺のせいじゃないっす！　大迷惑っすよ」とずっと言っていて、「俺もです」と主張したが、俺も川島も、小テストは小テストできっちり採点された。

川島は、けっこう柄の悪い奴らとつるんでいて、お調子者の印象だったが、しゃべってみると、根は悪い奴じゃなかったように思う。だから、その川島が、台風の後の、増水した川でおぼれて亡くなったと聞いた時には、信じられなかった。直接の接点はあまりなかったとしても、哀しかった。川島のことを好きだった子たちは、みんな泣いていた。一年たった今は、そんなことは何もなかったような顔で、みんな暮らしているけれど。

もしかすると、カレンダーアプリの記録に残ってなくても、画像でたどってみたら、何か思い出せるのでは――。スマホに保存してあった画像をさかのぼってみた。

食べた新製品のアイスの画像があって、模試の結果の画像もある。半年前の十月の画像だ。友達とふざけた画像に、コンビニで買ったからあげの画像。かき氷の真っ青な舌。もっとたどっていく。自転車で出かけた河原の画像に、メモとして撮ったハガキの画像。指でざっと操作すると、カラフルな過去が、指の先でどんどん移動して流れていく。もう忘れてしまったようなことも、画像を見れば記憶がよみがえる。

やっぱり、十月七日に関する画像は何もない。きっと、画像に撮るようなことが何も起こらなかった、平凡な一日だったのだろう。

また、ぶるっとスマホが震えて、新着メッセージを告げる。

見なくてもわかる。〈ミコ〉だ。

――あの人はとても素敵な髪をした人でした――

また、暗い闇の画像が送られてくる。

なんとか、この〈ミコ〉が誰なのかを探りたい。この十月七日という日付が、謎を解く鍵になっているに違いないのだ。

過去の画像をどんどんたどっていくうちに、はっと思い当たった。この日付〈十月七日〉。そうだ、一年と半年前のこの日、英語の授業を休んだから、次の日の十月八日に、川島と一緒に再試験を受けたんだ。

なぜ英語の授業を休んだのかと言うと。

今、はっきりと思い出した。

一年と半年前の十月七日、英語は一時限目だった。

俺は、電車内に閉じ込められていた。

人身事故があったのだ。

あの時のことが鮮明によみがえる。

耳に響くブレーキ音とアラート。

どよめき声。

列車が停止すると言うアナウンスが流れる。

外を歩く職員が黒い袋を持って何かを探していた。

ちょうどその瞬間をガラス越しに見てしまったらしいおばさんが、気分が悪くなったようで、周りの人が大丈夫ですか！　と声を掛けても、真っ青な顔で「頭が」と言い、その場に戻しそうになっていた。

近くの会社員の女の人が、「今日は会社に遅れます」と説明しながら過呼吸みたいになって、最後には泣き出してしまって――。

そんな車内の様子を前にしながら。

俺は。

〝また遅延だってさ　いい加減にしてくれよ。死ぬならどっか人の居ないところで死ねよ！〟と、恨みを込めて、舌打ちしながらSNSに書き込んだのだった。車外の画像も付けて。

自分のSNSをさかのぼると、その投稿は確かに、十月七日の朝だった。

スマホが震える。〈ミコ〉からだ。

暗い闇の画像。さっきの画像と同じものだ。

またスマホが震える。

また同じ画像かと思いきや、今度は違う。その深い闇の中央に、何か見えてきた。

何かが地面から生えているように、はだしのつま先だけが見える。上から見下ろすような角度で撮られているせいか、五本指のそのつま先は、珍しいキノコのように見えた。

またスマホが震える。

さっきまで、キノコのように見えていたつま先が、今度は足首まで見えるようになっている。その骨格から男の足裏らしいとわかった。上から見下ろすような、同じ角度から撮影されていることもわかる。男の白い両足首までが、黒い地面から生えているみたいな、奇妙な画像だった。

またスマホが震える。

さっきの続きだ。さっきまではだしの足首だけ見えていたものが、今度はふくらはぎのところまで見える。暗闇から、足がにょきにょきと地面から生えていっているようにも見える。

またスマホが震える。

今度も同じ角度から撮影されている。それがはっきり、逆さになった男だということがわかった。とはいえ、見えるのはつま先から膝の裏までだ。身体の上半分は、黒い地面に吸い込まれたまま。

なんだこれ。地面から、男が生えてきているのか？

スマホが震える。

やはりこれも、同じ角度からの撮影。白いTシャツを着た、男の腰までが見える。いままで黒い地面だと思っていたが違う。大きな水しぶきが上がっている。それが濁流なのだとようやくわかった。散らばったらしきビーチサンダルも。

またスマホが震える。

ついに男の全身があらわになった。こちらを見つめたままで、その目は恐怖に見開かれているように見える。

それは、背中から濁流に落ちて、呑《の》まれていく川島だった。

お調子者の川島は、よく手すりや屋上の柵に登った動画を投稿していた。スリルを求めて、けっこう危険な、三階渡り廊下のへりの外側にも腰かけたりしていた。あの台風の日、荒れ狂う濁流を背景に、川島は橋の欄干に腰かけた。動画を撮っているうちに、風にあおられて、背中から増水した川に落ちてしまったのだろう。

いやまて。それはおかしい。なぜ〈ミコ〉が川島の動画を持っている？　もしかして〈ミコ〉は川島の友達の誰かなのか？　それでもみんな、川島とはその日、会っていないと証言したと聞いている。〈ミコ〉は誰だ？　もしかして、川島の事件に関わり合うことを恐れて、撮影した皆でその日は会っていないと、口裏を合わせていたのだとしたら。一時は隠したもののの、これ以上黙っておくことはできないと、この画像を送ってきた可能性もある。

でも、なぜ俺なんだ？

とにかくこの画像のことを警察に知らせないと。

川島は、ただ台風で増水していた川に事故で落ちたのではない。あの日、動画を撮影していたのだ。閲覧数を伸ばすために、どんどん危険な投稿をしていたのだろう。巻き込まれたくないみんなは「知らない、川島とは会っていない」と証言したのだ。ミコは、川島の友達のうちの誰かに違いない。

スマホが震える。

川島が橋の欄干に座っている画像だった。光の加減か顔色は悪く、何かを叫んでいるように口を開けている。

　またスマホが震える。

　今度は動画だった。三角の再生ボタンを押すなり、川島の叫び声が聞こえる。

「誰か！　警察を呼んでくれ！　誰か！　誰か！　助けて！」

　声が裏返る。

「おい、お前一体なんなんだよ！　やめろよ！　やめてください！　わかった、座りますから。ここへ座ればいいんでしょ、それでいいだろ？」

　川島の声は、精一杯強がってはいるが、語尾が震えていた。

　欄干に座る。

「これでいいでしょ。言われた通り座った！　座りましたよ？　ほら、いいでしょ、これで？　ねえ、ちょっと――」

　手前から、銀の光がさっと反射した。カメラの手前から何かが突き出されている。

　それは出刃包丁だった。雨に濡《ぬ》れてぬらぬらと光を反射している。ごつい手袋をはめた手が見える。

「やめろ！」川島が身体を守るように腕でかばうのと、包丁がまっすぐに川島の心臓めがけて突き出されたのは同時だった。

川島は包丁をよけようと身をよじりながら、暗い水面に落ちていく。俺にもようやくわかった。さっき送られてきた画像はその動画を切り出したものだと。川島は水しぶきをあげて背中から落ちたが、一瞬後には、あまりに強い濁流にのみ込まれて見えなくなった。

そのまま、カメラはしばらく黒い濁流を撮影していたが、それも停まった。

さっきから送りつけられていた、つま先などの画像はすべて、この動画を切り出して、逆回しみたいに並べたものだったのだ。でも、なんで俺に？　なんでわざわざ切り出した画像を？

〈ミコ〉は川島の友達じゃない。

包丁で川島を襲ったのは〈ミコ〉だ。

また、手の中でスマホが震える。

——私の恋人は優しい、いい人でしたわ。あの人は粉々になってしまったのですが、顔の半分だけはきれいだったのですよ。亡くなる前にも少しは意識があるといいます。そのきれいな目で最後に見たのが、あの人を案じる人の表情だったら、どれだけ良いかと思います——

また手の中でスマホが震える。

——私、十月七日のあの日から、あの人のかけらをSNSの海からずっと集め続けているんです——

——私、たくさんのところを、あの人と旅したんですよ——

スマホがずっと震えて、つぎつぎと送られてくる。

画像だ。今度はどれも見おぼえのある風景ばかりだった。俺が友人と行った商店街、部活の帰り道、遊びに行った海、買い物した古着屋にコンビニ……。

今、気づいた。

自分たちにとっては、とうの昔に忘れてしまったような過去の事件だが、〈ミコ〉にとっては今なのだ。

あの十月七日のSNSで、事故に関するすべての投稿を調べた〈ミコ〉は、俺の投稿を見たのだろう。

その日からずっと、俺のSNSの投稿すべての画像を特定し続けた。

十月七日のあの日、川島も同じように、ＳＮＳに人身事故のことを投稿していたのだとしたら。

俺は急いで川島の投稿が残っていないか探し始めた。ホームには電車が何本も来たようだったが、そこから動けない。


――とても優しかったあの人と、あなたは良い友達になれたかもしれません。いいえ、きっとなれるでしょう。にぎやかなところが好きで、人とおしゃべりすることも好きだったあの人が、これからも寂しくないように――


そこまで読んだとき。

思い切り背中を押されてバランスを崩した。

ふっと足元のホームの感覚が消える。

電車のブレーキ音と悲鳴。

〈ミコ〉がわざわざ動画を切り出したわけがわかった。獲物をすぐにしとめるのではなく、おびえる様子を眺めるためだ。それも、すぐ近くで。

意識が途切れる一瞬前に、いくつものシャッター音を聞く。

〝いい加減にしてくれよ。死ぬならどっか人の居ないところで死ねよ！〟誰かのつぶやきが聞こえたような気がしたが、俺の意識はそのまま、ふつりと途切れた。

†

――私は、あの人のかけらを、今も探しているのです。文字になってしまった愛しい人を――

――私の恋人は、いくつの文章で、どう拡散されたのでしょうか。そしてどんな人々に読まれたのでしょうか。私はそれが知りとう御座います。あなたは高校生ですか、それとも大学生ですか――

――今、こうやって、表紙が黒い本、ちょうど27ページを読んでいるあなたのことですよ。今、あなたのことがよく見えます。本から目を上げて、あたりを見回そうとしていますよね。

私の恋人とも、よい友達になってくれそうですね――

影喰い
奥野じゅん

第2話
Feat.谷崎潤一郎『陰翳礼讃』

暗い部屋に住むことを餘儀なくされたわれ〳〵の先祖は、いつしか陰翳のうちに美を発見し、やがては美の目的に添うように陰翳を利用するに至った

谷崎潤一郎『陰翳礼讃《いんえいらいさん》』

†

単線の電車に乗るのは、はじめてだった。

田舎の風景は、東京生まれの僕にはどれも新鮮だ。畑と夏空のすき間にぽつりと立つ家を見つけると、ちょっとテンションが上がる。

……なんていうのは最初だけで、いまはただただ退屈を持て余し、電車が終点に着くのを待っている。

暇だ。隣にどっかり座っている長髪団子野郎は、一眼レフカメラを抱きしめて寝ているし。

「真尋《まひろ》」

「んぁ……？　着いた？」

「あと一駅。起きててよ」

大あくびをしている幼馴染みの名は、秋野《あきの》真尋。ピアスバチバチの不良っぽい見た目だが、大手菓子メーカー『秋野製菓』の御曹司であり、熱烈な廃墟マニアでもある。

「ふあー……ねみー」

「撮影旅行の前日はちゃんと睡眠を取れって言ったでしょ」

「んーだってさあ。クソマジメ星からやってきた但馬《たじま》春親《はるちか》氏は、ちょっとでも不正確なことがあると、怒るじゃん？　だから、資料を集めてたわけ」

「……なんの資料？」

「そりゃ、いま向かってる廃墟の資料よ。んで分かったんだけど、なんとなんとその屋敷では、一家惨殺事件があったらしい」

ぴらりと取り出したＡ４の紙には、デカい文字で『譲間家《じょうまけ》』と書いてある。

「はあああああ⁉　民家⁉　お前っ、確信犯だな⁉」

「へへへ。黙っててごめんな〜」

部員二名の写真同好会。基本的には真尋が選んだ廃墟を撮影するのだけど、モラル的な問題で、僕から条件をふたつつけている。
①一般人の住宅ではない
②廃墟になった理由が、事件や事故のせいではない

「帰る」

「なんでだよー！　もう着くんだぞ？」

「うるさい。約束を守らない真尋が悪い。人様の家を荒らすなんて、武士道に反する」

僕の家は、曾祖父の代から伝わる剣道の道場だ。

カメラを持ってすらいない僕がこんな同好会に入っているのは、『平日を全休にして、稽古の時間に充てるため』という理由でしかない。

「高二の夏休みの思い出を、個人宅への不法侵入で潰すのは絶対に嫌だ」

「まあまあ、まずは資料を読めよ」

真尋から押し付けられた紙は、資料と呼ぶには粗末すぎる、匿名掲示板のコピペだった。


X県の山奥にある廃屋がいい感じだった。二階建ての日本家屋で、光の入り方も崩れ方も綺麗。三十年くらい前に家族が惨殺されたらしいけど、血とかは全然無い。

殺人？　ソースは？

村の人に聞いた
釣りだろ？

行けば分かる。一部屋だけ焼けてる

「……不確実な情報を一次資料にしないでよ」

「そそ。嘘かもしんないし、セーフだろ？　来年はもう受験だし、最後の撮影旅行かもしんないじゃん。なー、はるちかぁ。思い出じゃーん」

はあっとため息をつく。口から出任せ野郎なんか信じないで、ちゃんと行き先を調べていればよかった。

電車が森の中に滑りこみ、ゆっくりと減速してゆく。わずかに開いた窓のすき間から、狂ったように鳴く蟬《せみ》の声が聞こえた。

†

砂利道に沿って村の奥を目指す。真夏の正午だけど、山林なので、東京よりは涼しい。

三十年も廃屋を放っておくくらいだし、殺伐とした感じを想像していたけど……。

「なんか、普通の村だなー？」

「観光気分に浸るなよ」

外部からこの村に来る人間は、きっとほとんどが譲間家目当てだ。住人に会ったら気まずい。

人に見られないよう急ぎ足になった……そのとき。

「わああああん！」

「うわ!?」

バッと顔を上げると、小学校低学年くらいの男の子が泣いていた。

「どうしたの？　転んじゃった？」

「うぇぇ……いたい……」

怪我はなさそうだ。真尋は少年の頭を撫《な》で、リュックからポテトチップスを取り出す。

「泣くな泣くな。ほら、これやるから。はなまるポテトの超ブラックペッパー味」

「……？　なにこれ。超なんて知らない」

「そりゃそうだ。これはまだ店に売ってない試供品だからな。分かるか？　しきょーひん」

袋を受け取った少年は、「ありがとう」と言いながら、興味深げにパッケージを眺めている。

「おし、飛行機ごっこだ！」

真尋が少年を背負い、走り回っていると、前方からおばあさんが走ってきた。

「ソウタ！」

「ばーちゃん！　お菓子もらった！」

「あらまぁ。もう……すみませんねえ、ご迷惑かけて」

ぺこぺこと頭を下げられてしまい、慌てておばあさんの目線まで屈《かが》む。

「いえ。ちょっと転んじゃったみたいなんですけど、怪我はないので」

「ソウタくん、偉いっすねー。すぐ泣き止んだし、お礼もちゃんと言えたし。なあ？」

真尋が地面に下ろすと、ソウタくんは真尋のカメラを指差した。

「ばーちゃん！　お兄ちゃんたち、東京から写真撮りに来たんだって！」

「………………!?」

ギョッとして真尋を見る。こいつはバカなのか？　通報されるかもしれない！

言い訳をしようと口を開いたものの、意外にも、おばあさんは穏やかな表情だった。

「あらぁ。わざわざ東京から。もしかして、譲間さんの家かい？」

「はい、そうっす。オレたち高校の写真部で」

真尋は人懐っこい笑みを浮かべているけど、僕は気が気でない。

「すみません。決して面白半分とかではなく」

「見れば分かるよ。肝試しに来て騒ぐモンとは、顔つきが違う」

おばあさんは、村の奥の方を見ながら言った。

「あそこは、来月取り壊しが決まってるんだよ。最後に若いひとが綺麗に撮ってくれたら、譲間さん一家も浮かばれるかもねぇ」

おばあさん――山岸《やまぎし》さんと名乗った――は、ソウタくんに近くで遊んでいるように言ってから、再び話し始めた。

「事件のことは知っているのかい？」

「噂レベルっすね。でも、オレたちが興味あるのは建物なんで、気にしてないっす。なあ、春親?」

話を振られて、こくこくとうなずく。こういうときは、真尋の口八丁に合わせた方がいい。

「譲間さんはね、皆に好かれて、頼りにされていたんだよ」

山岸さんの話によると、譲間家は代々村を取り仕切っていて、困ったときは譲間さんに相談すればよいと、村人に慕われていたそうだ。

「犯人は捕まったんすか?」

「いいや、家族を殺したあとに、納戸に火をつけて死んじまった。尚沢《なおざわ》っつう男でね。働きもせず金の無心をしたり、村の鼻つまみ者で、譲間さんにも散々迷惑かけて」

平成×年八月の深夜、一家は就寝中を襲われた。

祖父母と両親は、斧《おの》で首や腹を叩き切られて即死。子供ふたりは逃げたものの、小学三年生の弟は火事に巻き込まれたらしい。

そして、生き残った中学二年生の兄は児童養護施設に引き取られたが、一年後に自殺してしまった……。

「酷《ひど》い話ですね」

「本当に、勝手な男だったね。村のために何かしたことなんて一度もない。どこをほっつき歩いてたんだか知らないけど、お金が無いときばっかり村に戻ってきて、泣きつくんだよ。『今度こそ心を入れ替えて働く』なんて言って、あちこち回って、でも結局、約束なんか守ったことはなかった」

「うわー……ダメ人間っすね」

「誰にも相手にしてもらえなくなって、でも譲間さんだけは、仕事を工面したり、見捨てずに助けていたのに」

恩人に感謝するどころか、家族全員を殺した……。

何かトラブルがあったのかと聞いてみたけど、山岸さんは表情を曇らせ、小さく首を横に振った。

「本当のところは、もう誰にも分からないよ。でもきっと、逆恨みか何かだろうねぇ。事件が起きる何日か前から、譲間さんの家にしょっちゅう出入りしていたようだから」

「マジでやべえ奴だな……逆ギレして、関係ない子供まで殺すとか」

真尋がつぶやくように言うと、山岸さんは長いため息をついた。

「本当に、かわいそうだよ。弟の繁雪《しげゆき》ちゃんは、お兄ちゃんと一緒に台所の勝手口から逃げようとしたんだけども、尚沢に納戸へ引き込まれて、そのまま焼かれてね。葬儀のときの、弘《ひろし》くんの顔が忘れられないよ。弟を助けられなくて、どんなに悔しかったか」

想像以上に重い。撮影なんてやめた方がいい気がする。

……と思ったのを察したのか、山岸さんは微笑んで言った。

「綺麗に撮ってあげてね。心霊スポットだとか面白がる輩《やから》もいるけど、わたしらは違う。村人みんな、三十年経っても、譲間さんとの思い出が忘れられないんだよ。だから、ここに優しい譲間さん一家が住んでいたっていうことを、記録に残してくれたらうれしいね」

「分かりました。村のひとにはご迷惑かけないように撮ります」

ソウタくんが戻ってきた。

「んじゃ、オレたちはそろそろ行くよ。はなまるポテトの宣伝よろしくな」

「うん！」

「おばーちゃん、色々教えてもらってあざっした」

「壁や床が壊れているところもあるから、気をつけるんだよ」

ふたりと別れ、再び譲間家を目指す。

「なんか、思いがけず撮影許可まで出ちゃって、ラッキーだったな」

「うん……まあ」

真尋はのほほんとしているけど、僕の頭の中は、ひとつの疑問で埋め尽くされている。

ネット情報には、『血とかは全然無い』と書いてあった。

……四人もの人間が斧で惨殺された建物に、血痕がひとつも無いなんて、おかしくないか？

†

譲間家は、村の一番奥にあった。

正面以外は森に囲まれていて、朽ちかけの建物に浸食するように、植物のつるが絡みついている。

外壁は、木がむき出しになったり、穴が空いているところも多い。

「おー、風化の具合が完璧。こりゃ撮り甲斐あるわ」

時が止まった家が、自然に取り込まれかけている——僕はそんな印象を抱いた。

「結構広そうだね」

「入る前に、家の周り一周すっか」

南側の真ん中にある玄関から見て、建物は横長の長方形で、北東の角が一部屋分欠けた形だ。

東側と北側は森に近くて、日当たりが悪い。

西側は一面縁側で、庭が臨めるようになっていた。障子が外され、雨戸も開いているので、室内の様子が見える。

風雨にさらされた廊下は、床板がかなり劣化していた。縁側は外にせり出しているので、さらにボロボロになっている。ちょっと踏んだだけで崩れそうだ。庭も、雑草が伸びっぱなしで荒れ果てている。

ざっくりと見て回り、再び玄関に戻ってきた。

「んじゃ、入りますよーっと」

玄関の引き戸を開けると、土や砂ぼこりだらけの床と、むき出しの天井が目に入った。

廊下は三方向に分かれていて、正面の幅広な廊下の先に、焼けた納戸と階段が見える。

東側には二部屋と、突き当たりに浴室。

西側に向かう廊下は長く、何部屋かありそうだ。その先はL字に折れているので、縁側だろう。

「とりあえず東側から行こーぜ」

一番奥にある風呂のドアを開ける。……と、真尋は浴槽を見下ろしながら、感心したような声を上げた。

「おー、すげ。追い焚《だ》きがある」

「本当だ。なんか意外だね、古そうな家なのに」

「平成初期って、ちょうど追い焚きができたころなんだよ。この家、リフォームしたばっかだったのかもな」

きっと取り替えたてだったはずの浴槽の中には、砂や枯れ葉が落ちていた。割れた窓から入ってきたのだろう。薄暗い室内にほんのり射し込む光が、もの寂しい雰囲気を作り出している。

「次は、東側真ん中の部屋な」

ふすまを開けてみると、十帖くらいの部屋に、大きな押入れが二つ並んでいた。

「あー、なるほど。血の痕がねえの、納得。畳が全部剝がされちゃってんだ」

「真尋も気づいてたんだ。血痕が無いのがおかしいって」

「そりゃそうだろ。斧でぶった切ってんだぜ？　そーゆーとこは撮らないつもりだったけど……ま、分かんねえもんはしゃーないし、ひたすら撮るわ。春親はなんの部屋かの特定よろしくな」

「はいはい。ここは祖父母の寝室」

「すげえ、一発で見抜いちまうのな」

僕の家の敷地内には、祖父の道場があるので、日本家屋の構造は大体分かる。

真尋は、ファインダーを覗《のぞ》きながら言った。

「なんで、ここがじーちゃんばーちゃんの部屋だって分かったんだ？」

「この部屋だけ三方壁があって、独立してるから。外から見た感じ、西側の部屋は、廊下との仕切りが全部障子だったしね。どこからでも入ってこられるんじゃ、落ち着かないでしょ」

真尋は「なるほどなあ」と言いながら、アングルを変えて何枚も撮影した。

「……おし、じゃあ次は、玄関入ってすぐ右手の部屋だな」

廊下に出て引き戸を開けると、板張りのリビングがあった。家具類が無造作に隅に避けて置いてある。

左奥には、北側廊下へ出る引き戸があるので、リビングの出入り口は二カ所だ。

「テーブルでけぇな。いや、じーちゃんばーちゃん、親、子供ふたり……六人家族だし、こんなもんか」

リビングの奥は台所で、中に入ってみると、昔ながらのキッチンと、食器棚が放置されていた。

勝手口は、台所の左奥。こっそり逃げるのには良さそうにも思えるが、犯人が台所まで来てしまったら、ここ以外に逃げ道がないとも言える。

ふと横を見ると、壁に鏡が掛けてあった。こういうものを目にすると、どうしても日常を感じてしまい、複雑な気持ちになる。

「ん、撮った。次、納戸行くか」

北側の廊下へ出ると、悲惨に焼けた納戸と階段があった。

納戸は大人ひとりが寝転べる程度しかない狭さだ。階段が途中で折り返す形なので、階段下の空間を活用するために、ここを納戸にしたのかもしれない。部屋の天井付近、焼けて破れた壁や階段の穴から、細い光が複雑に重なって降り注いでいた。

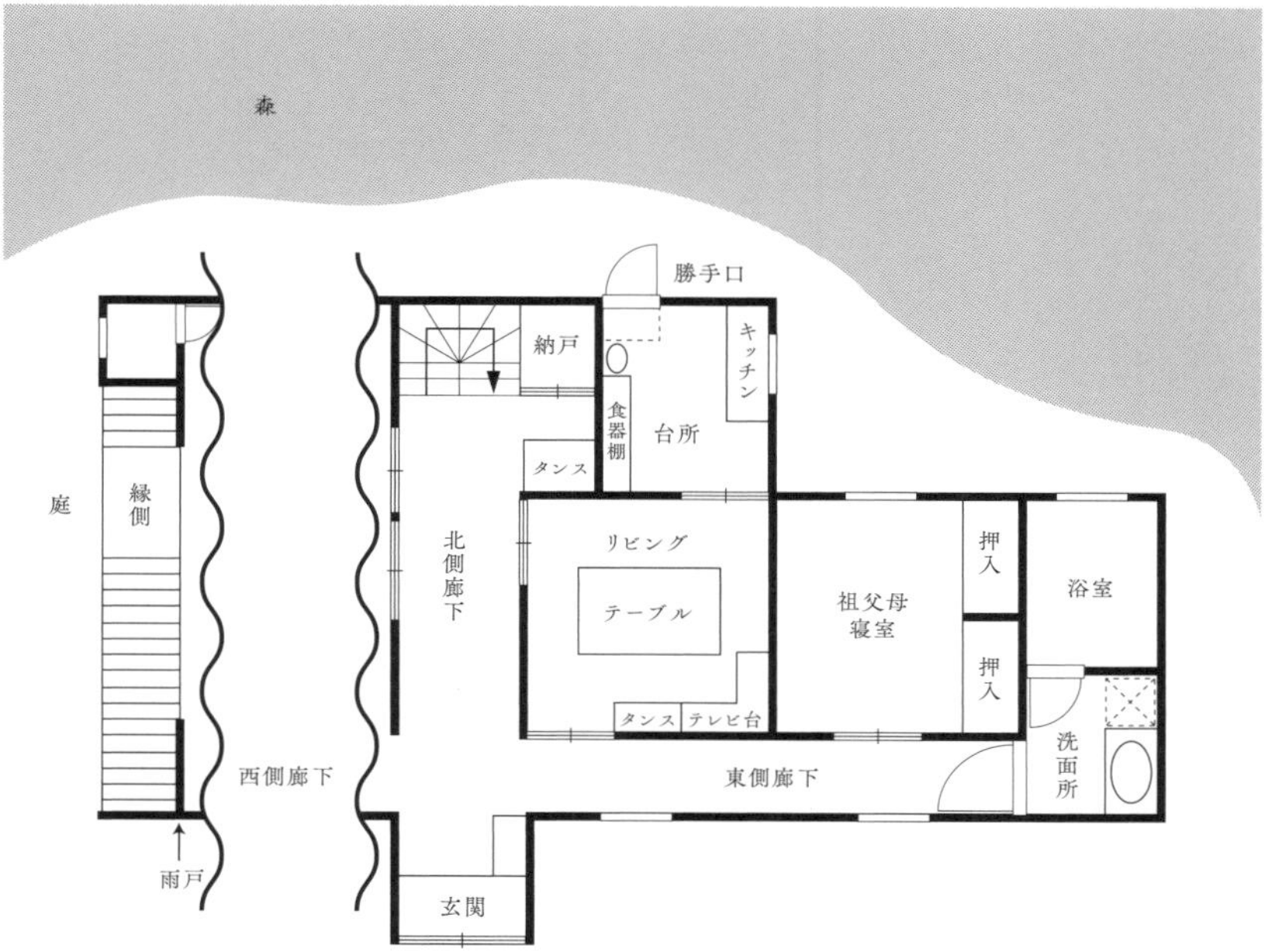
森
勝手口
納戸
キッチン
食器棚
台所
タンス
庭
縁側
北側廊下
リビング
テーブル
タンス
テレビ台
押入
祖父母寝室
押入
浴室
洗面所
西側廊下
東側廊下
雨戸
玄関

「なんか……」

感慨にふけりかけて、やめた。ここは、犯人の尚沢と弟の繁雪が死んだ場所だ。

「あんまりまじまじ見ても悪いよね。次に行こう」

気分を切り替えて振り返り、玄関を見て……妙な違和感を覚えた。

(なぜ尚沢は、子供を道連れにしたんだろう？)

山岸さんの話では、弟は、台所へ逃げる途中で捕まり、納戸に引き込まれたと言っていた。

でも、焼身自殺をするなら、ひとりの方が簡単なはず。

疑問を口にしようとしたけど、やめた。真尋は特に気にしていないようだし、事件のことを詮索するのはよくない。

「あー、二階は上がれそうにねえな。階段燃えてて、踏み抜いたらぶっ壊れそう」

「じゃあ、西側に行こう」

北側の廊下は、玄関から見て左手に、ふすまが並んでいる。階段から西側の部屋に入るには、このふすまを開けるのが早いけど……。

「あれ？　開かない。枠が歪《ゆが》んでるのかな」

「しゃーないな。西側の廊下から入るか」

元来た道を戻り、障子を開くと——

「あ……っ」

その光景の美しさに、息を呑《の》んだ。

四つの和室のふすまが全て取り払われ、大きな一部屋になっている。縁側から取り込まれた光が、建具のすき間や障子の枠を透かして、複雑な陰影を作り出していた。

「すご……」

僕が声を漏らした横で、真尋はファインダーを覗いたまま、無言で連写している。その真剣な眼差しは、静謐《せいひつ》なこの空間に、よく似合っていた。

真夏の浅い太陽光が、薄暗い室内に作り出す、滑らかな陰影のグラデーション。

光が、影が、この家に宿る家族の記憶をとどめている――

シャッターを切り続ける真尋の横で、そんなことを考えていた。

†

「あのさあ、ちと提案があんだけど」

縁側の廊下の一番奥にあるトイレを撮りながら、真尋が言った。

「和室四部屋の仕切りのふすま、はめてみてーなーって」

「珍しいね。廃墟に触りたがるなんて」

「うん。普段は、ありのままを撮りたいと思ってんだけど。でもこの家は、どういう風に暮らしてたのか、見てみたいって思ってさ」

外したふすまは、西側の廊下の壁に立てかけてある。僕は真尋の提案に乗ることにした。

「春親、運ぶぞー。こっち持て」

ずっしりと重いふすまを持ち上げながら、ふと庭を横目に見て、また違和感を覚える。

(なぜ子供たちは、わざわざ台所へ向かったんだろう？　縁側から庭に飛び出せば、簡単に逃げられたはずじゃ……)

考えかけて、首を横に振った。僕たちは心霊スポットを見に来たわけじゃない。

「ふー……できたできた」

四部屋を区切ってみると、それぞれの部屋の用途が見えた。

「どれがなんの部屋か分かるか？」

「西の縁側沿いの部屋は、奥が夫婦の寝室。床の間と押入れがあるから」

「手前は？　真ん中に穴空いてっけど」

「何にでも使える部屋って感じかな。壁の日焼け具合からして、角に棚とか生活用品を置いてたんだと思う。穴は、誰かが肝試しでもして踏み抜いたんじゃないかな」

「確かに、自然の劣化って感じじゃねーな」

「東側は、奥が仏間。仏壇を置くためのスペースがへこんでる」

「なるほど。手前は？」

「居間だね。ちゃぶ台が転がってるし」

「おけおけ。理解。んじゃ、撮ってくか」

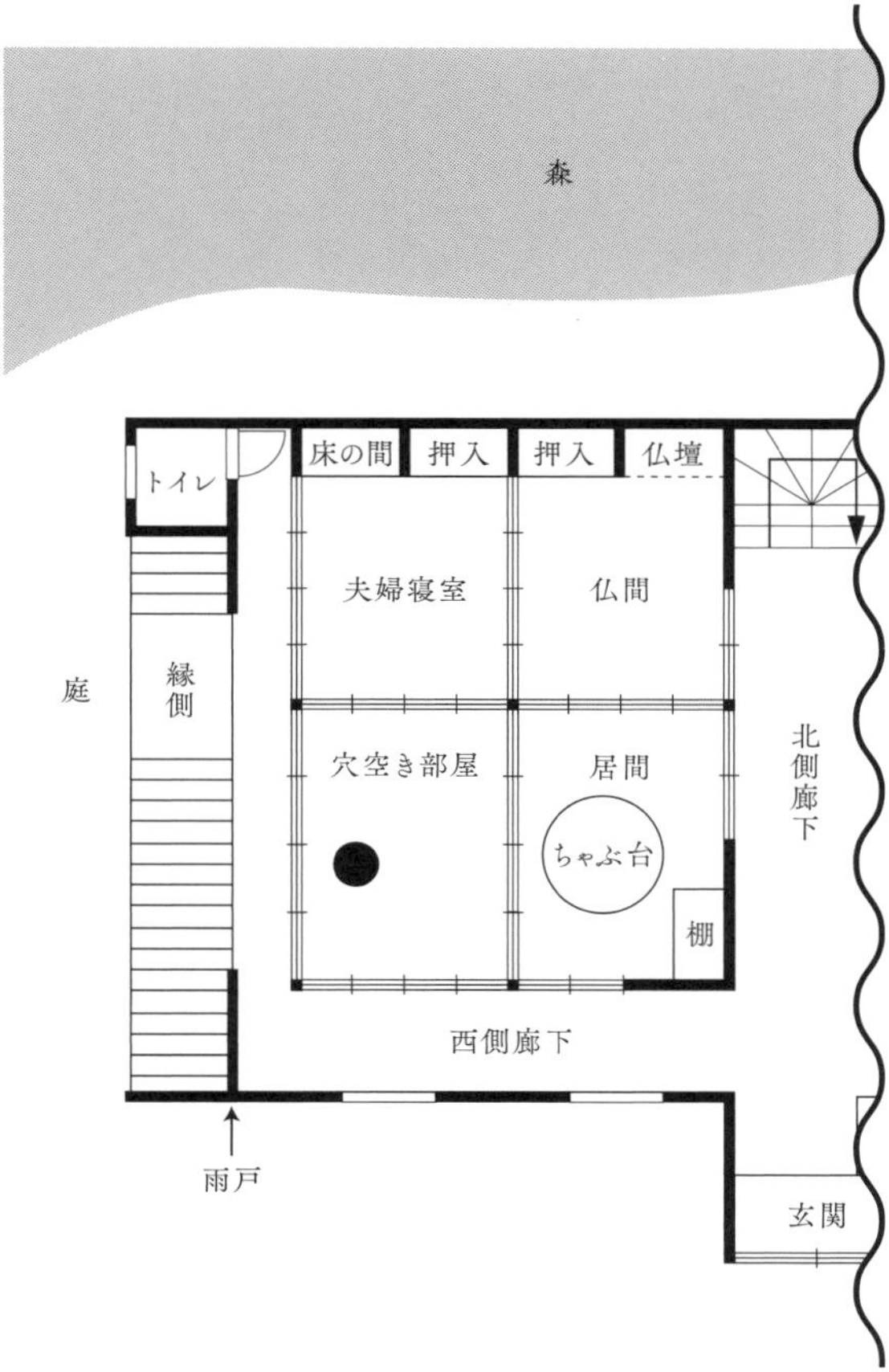

ふすまを開閉して、光の具合を変えるたび、部屋の印象が変わる。縁側に面した二部屋は、天井と障子の枠の間が透かし彫りになっていた。複雑な起伏から入ってくるやわらかな光が、神秘的だ。

ふすまを閉めきった仏間は薄暗く、寂しげな雰囲気もありつつ、生活の中に溶け込む、日常の祈りを感じさせる。

確かにここに、家族の暮らしがあった。めちゃくちゃな理由で奪われてしまったけれど。少しでもこの美しい家を記憶に焼き付けておきたくて、僕はその光と影をじっと見つめていた。

「……よーし。こんなもんかな！」

真尋が、満足げな笑みを浮かべて立ち上がった。スマホを見ると、午後一時を過ぎている。

「長居しても申し訳ないし、そろそろ帰ろうか。ふすまを戻そう」

そう言いながら、居間から西側廊下への障子を開けた瞬間。突然、家中が真っ暗になった。

「あ⁉　なんだ⁉」

空が曇ったとか、そんなレベルじゃない。暗闇だ。

「え、え、え？」

周りを見回すと、洗面所のあたりで、橙色の明かりと影がぬらぬらと揺れているのが見えた。

『ネエ、マッテ』

低い男の声だった。と言っても、ボイスチェンジャーで加工したような不自然な響きで、生身の人間が出せる声ではない。

影は人の形をしていて、腰から上が床から生えているような感じで浮かび上がっている。明かりは行燈《あんどん》らしい。影が自分で持っていて、明かりの角度によって、影の大きさが伸び縮みしている。

ぞくりと肌が粟立《あわだ》つ。見回しても、僕たちしかいない。誰もいない場所に、人の影なんかできる訳がない。

『ネエ、ネエ』

明かりと影の化け物が、こちらへ近づいてくる。沼地の中を移動するような、ぬるついた音とともに。結構な速さで。

「……に、逃げんぞっ」

訳も分からぬまま走り出す。しかし。

「玄関が無い！　壁になってる！」

縁側の廊下に回ったが、庭に出ることはできなかった。木の雨戸ですき間なく閉じられていたからだ。

おかしい、さっきまでは全面開いてたのに。雨戸が勝手に閉じたのか？

ささくれた床板を飛び越しながら雨戸を叩くも、びくともしない。焦ってスマホを落としてしまった。

『ネェ。ネェ。ネェ……』

「やべ、近づいてくるぞ！」

夫婦の寝室に滑り込むと、綺麗な畳敷きの部屋になっていた。

スパンッと障子が閉まる。

「うお⁉　どーなってんだ！」

「シッ。大声を出すな、気づかれる」

ほとんど破れていた障子は、全て新品のように張ってあり、外は雨戸が閉まっているはずなのに、日光が室内に射《さ》し込んでいる。

「なんだこれっ。夢か？」

「こんなリアルな夢、見るわけないでしょ」

心霊現象――そんな言葉が、頭をよぎる。

真尋が、縁側の廊下に面した障子を数センチ開けた。暗い廃墟だ。化け物は『ネェ、ネェ』と繰り返しながらうろついている。

『コレ、ナァニ？』

化け物は、僕が落としたスマホの前でピタリと止まった。

ぬっと腕が伸びる。液晶がついたままのスマホを握り込むと、ずぷずぷと床の中に潜ってしまった。

「スマホが……床に引きずり込まれた」

「消えたのか？　出てこねーぞ？」

「いまのうちに逃げよう。穴空き部屋は危ないから、仏間から回る」

息を潜めて仏間に入ると、真っ暗な廃墟だった。また、スパンとふすまが閉まる。

心臓がバクバク鳴る。真っ暗闇だ。いや、目が慣れてくれば、真尋の姿くらいは見えるか。

考えていると、急に足元が明るくなった。

「ん？」

仏壇のスペースに、行燈がぽつりと置かれている。……と、次の瞬間。

『居タァ！』

「うわあああ！」

目の前に現れた化け物を振り切り、居間へ飛び込む。

中は電気が点《つ》いていて、また畳敷きの部屋になっていた。ちゃぶ台も棚も、使い込まれてはいるものの、綺麗だ。

「マジ、なんなんだよ……」

ふと柱を見ると、日めくりカレンダーが掛けてある。

「……平成×年八月九日。これ、事件当時なのかも」

「はぁ？　タイムスリップでもしたってことか？」

「真尋、スマホは？」

「……つかねえ」

再びため息をつく。外部と連絡を取ることはできない。壁掛け時計は、午後三時過ぎを指していた。

状況を整理してみる。

「……いまはっきりしているのは、化け物はなぜか僕たちのことを追いかけていて、多分見つかると、床の中に引きずり込まれる。それから、暗闇の中で話していても気づかれなかったけど、行燈に照らされた瞬間、急に距離を詰めてきた」

「声は聞こえてないってことか？」

「多分。明かりに照らされないように、暗いところを選んで移動すれば大丈夫な気がする」

「え？　この明るい部屋にいるの、危なくね？　全身見えてんじゃん」

ふと畳を見ると、ちゃぶ台の下にできたわずかな陰から、片腕がぬっと生えてきていた。

『ネエェェ居ルノォォォー？』

「やべぇ！　逃げるぞ！」

焦って廊下へ出る。廃墟を駆け抜けながら、僕は何かを摑《つか》みかけていた。

ぐるぐると記憶をつなぎ合わせる。そして、たどり着いた結論は。

「廃墟と事件当時が、交互にスイッチしてる……？」

状況を理解してしまった。これは、まずい。

†

『ネェ、ドコォ？』

化け物は、暗い廊下の隅にいる僕たちの横を、何度も素通りしている。

僕が立てた仮説は、こうだった。
①化け物は、影の中しか移動できない（ただし、少しでも影があれば、離れたところからでも現れる）
②暗闇の中にいれば、化け物は僕たちの姿を認識できない（行燈に照らされたり、明るい部屋にいるとバレる）
『ココジャ……ナイノ？』

化け物は単純な動きで暗闇の中をうろついていて、僕たちが普通の音量でしゃべっていても、気づかない。

「どーする？」

「試したいのは、綺麗な状態で、玄関と縁側を調べること。夜の廃墟状態では閉じ込められているけど、綺麗な昼だったら違うかもしれない。偶数回で和室を出れば……」

「ちょ、ちょ。意味分かんねえよ。昼とか夜とか、廃墟とか。分かりやすく説明しろ」

「ええと。じゃあ簡単に、【廃墟】と【当時】って呼ぶ。廃墟は真っ暗で建物がボロボロ。当時は平成×年八月九日。家が綺麗な状態の昼ね」

「了解」

僕は、ふすまを指差しながら言った。

「この家は、別の部屋に入るたびに、廃墟と当時が交互にスイッチする仕組みになっている」

「うん」

「で、僕たちはいま廃墟の階段下にいて、当時の縁側から庭へ出ることを目指している。でも、単純には行けない」

「なんでだ？」

「廃墟だと、北側廊下から和室に入るふすまが開かないから。遠回りしてスイッチして行くしかない」

神出鬼没の化け物を撒《ま》きながら、交互になるように考えて、出口を目指すには。

――ボワッ
背後で火が灯《とも》る音が聞こえた。そして、すぐ耳元で。

『居ル？』

「うわああああっ！」

大声を上げながら、当時のリビングに入る。しかし、家具がきっちり揃《そろ》った明るい部屋は、物陰が多すぎた。

『楽シィ楽シィ楽シィタノシィ！』

「真尋、ついてきて！」

廃墟の廊下↓当時の居間↓廃墟の穴空き部屋を通れば、当時の縁側に着く。

ふすまを次々開けながら、部屋を駆け抜けてゆく。

「庭に出るよ！」

渾身《こんしん》の力を込めて障子を開いた。しかし。

「痛ってぇ！」

突撃した僕たちは、透明な壁のようなものにぶつかり、廊下に弾《はじ》き返された。

「ったた……。真尋、大丈夫？」

視界いっぱいに広がっていたのは、真っ赤な夕焼け空だった。縁側からは出られない。

「……玄関まで移動しよう」

西側廊下には、僕の肩から上の位置に、窓が何個か並んでいる。

この窓から差し込む夕陽が厄介だ。オレンジの光と濃い影の部分が、はっきりと分かれている。

いまにも化け物が飛び出してきそう。僕たちは身を屈めながら、慎重に進んだ。しかし。

「当時でも玄関が壁になってる……」

「窓から出れねーかな」

真尋が窓際に寄った、そのとき。

『置イテカナイデヨォォォオ！』

窓枠の重なりでできた細い影の中で、十本の指が、ヌルヌルと音を立てながらうごめいていた。

「真尋！　こっち！」

先回りして、祖父母の部屋のふすまを開ける。つんのめって走ってくる真尋の腕を引っ張り、廃墟の部屋に転がり込んだ。

「……っ、はぁっ、はぁ。焦ったぁ。あんなほっそい影から出てくるとか、反則だろ」

真尋の背中をさすりながら考える。

先ほど立てた仮定。見えている現象としては合っているのだけど、どうにも、矛盾している気がしてならない。(影の中しか移動できない奴が、影の中に居る僕たちを認識できないって、おかしくないか……？)

逆なら分かるのだ。影の中しか移動できないから、明るいところに居る人間には気づけない……とか。

でもあの化け物は違う。『自分の移動範囲の中に入られると、認識できない』という、矛盾した状態だ。

それから、化け物の動きにも、若干の引っ掛かりを覚える。

手が届きそうな位置まで何度も来ているのに、僕らはなんだかんだ、逃げ切れてしまっている。でも、本当にそうなのだろうか？　捕まらないのは、僕たちがうまく逃げているからだと、安易に考えてしまっていいのか？

このふたつの違和感は、化け物の正体を突き止めるのに重要な気がする——

（でも、まだ真尋には言わない方がいいな）

自分でも理屈が分からないものを説明しても、混乱させてしまうと思った。

「なあ、春親。これ廊下出たら、当時だよな？　二階上がれるんじゃね？　階段焼けてねえし」

「上で通路をふさがれたら、追い詰められるよ。危険を冒してまで行く必要があるのか……」

「分かんねーとこがあんの、気持ち悪くね？」

天井を見上げる。割れた材木がぶら下がっていて、不穏だ。いまさらながらに、ここが、殺人事件があった廃屋なのだということを思い知る。

このままぐだぐだしていても、出られる手立ては思いつかないし……。

「分かった。行こう。その代わり、ざっくり見てすぐ引き返すからね」

「了解」

そっと祖父母の部屋から出る。浴室の扉の向こうから、不自然に響く化け物の声が聞こえた。

†

階段は一段一段が高く、かなり急だった。途中で一八〇度折り返す形になっており、二階まで上がると、下の様子はほぼ見えない。

二階は、小さなホールの東西に一部屋ずつという間取りだった。

「とりあえず、西側から入ろう」

引き戸を開けると、中は廃墟で、板張りの部屋だった。表面の木がボロボロで、割れて飛び出ているところもある。

外は真っ暗闇だ。どう力を込めても窓は開かない。……いや。

「ガラス割るから、下がってて」

転がっていた材木を手に取り、構える。大きく一歩踏み込むと同時に、渾身の面を打ち込んだ。しかし。

――ゴッ！

鈍い音を立てただけで、ガラスは揺れもしない。材木はぽっきりと半分に割れた。

「マジか。試合相手失神させた春親の面でも無理とか」

……急に嫌な記憶を引っ張り出さないでほしい。

僕が眉間にしわを寄せると、真尋はのんきに「あはは」と笑った。

「ま、残念ながら、二階から逃げんのも不可能ってことだな。……んで、これ、なんの部屋？」

「兄の弘くんの部屋だと思う。押入れと勉強机があるから」

「当時はどんな感じだろ」

「二階の部屋の当時を見るのは無理だよ」

僕が断言すると、真尋は驚いたように目を見開いた。

「なんでだよ」

「交互にスイッチするから。当時の階段で上がってくると、当時のホール↓廃墟の部屋↓当時のホール↓廃墟の部屋……って、繰り返しちゃう」

「そっかあ。ま、それならしゃーないな。とりあえず、もう一個の部屋も見に行こうぜ」

当時のホールに出て、そのまま東側の部屋に入る。しかし。

「あれっ？　これ、当時じゃね？」

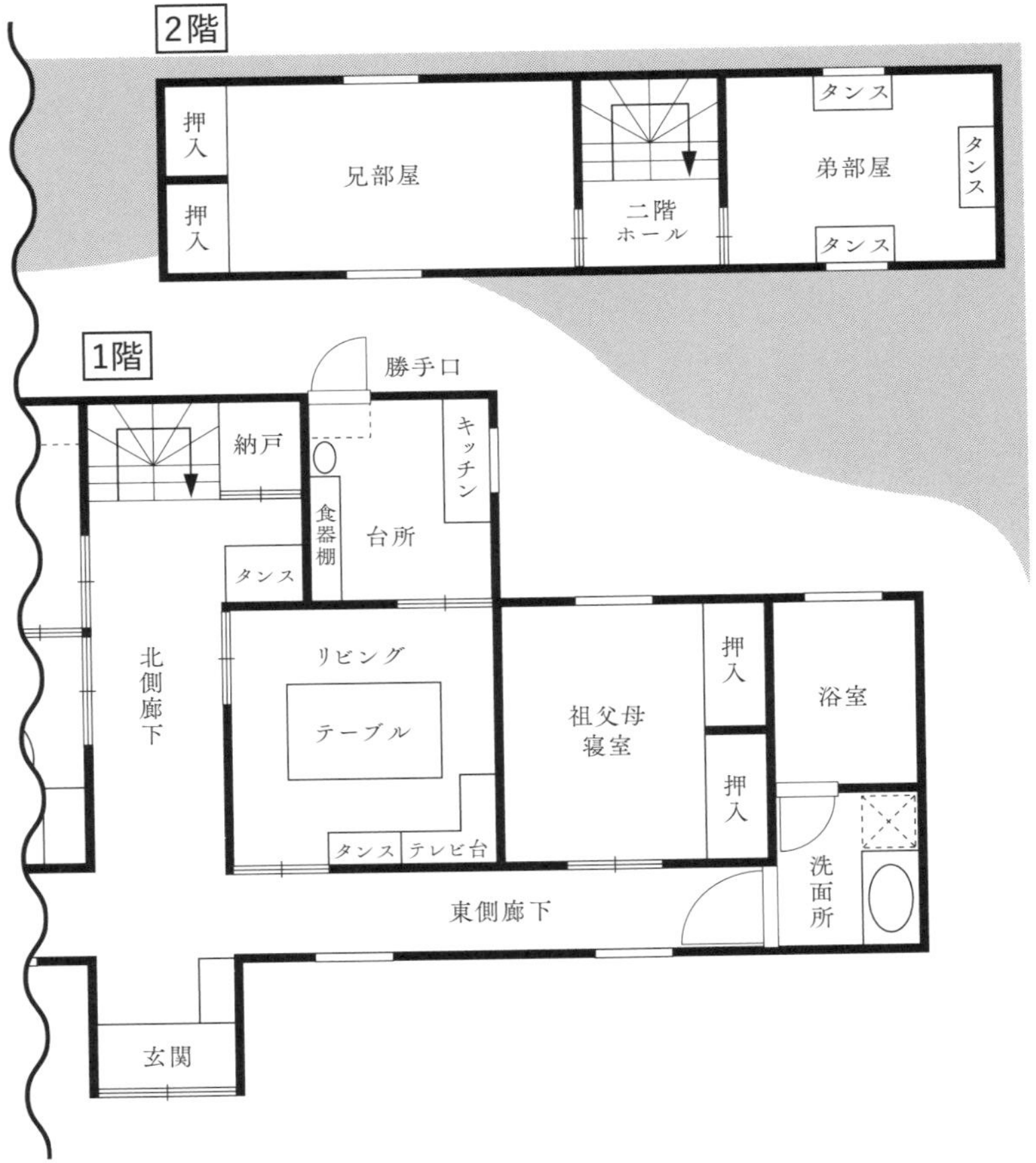
2階
押入
押入
兄部屋
二階
ホール
タンス
弟部屋
タンス
タンス
1階
勝手口
納戸
キッチン
食器棚
台所
タンス
北側廊下
リビング
テーブル
タンス
テレビ台
祖父母寝室
押入
押入
浴室
洗面所
東側廊下
玄関

薄暗い和室だった。窓はタンスでふさがれているが、すき間から夕陽が漏れている。ランドセルがあるから、弟の部屋のはずだけど……。

真尋を引っ張って、何度か部屋を出入りすると、状況が摑めた。

「分かった。弟の繁雪くんの部屋だけ、スイッチの仕組みが違う。なぜか、入るときはスイッチしない。出るときはスイッチするけど」

「なんでだろうな？」

「理由は分からないけど、一回分スイッチが少ない繁雪くんの部屋を挟めば、弘くんの部屋の当時も見られる」

繁雪の部屋を出入りして調節し、当時の兄の部屋に入る。机の上には、教科書と書き途中のノートが置いてあった。どうやら、宿題をやっていたらしい。

傍らのデジタル時計は、17：25と表示している。

「……生活の痕跡があるのは、ちょっと生々しいね」

「なんか、兄弟で部屋に差つけすぎじゃね？　兄貴の方は押入れも机もあって広いのに、弟の方は狭いし、窓もタンスでふさがれてて」

「繁雪くんは夜、一階で親と寝てたのかも。小さいうちは子供部屋を物置にするとか、よくあるし」

「ん……？　まあ、そうか」

いや、この顔はピンときていない。無理ないけど。

秋野家は部屋が有り余っているほどの豪邸だし、こいつは幼稚園のころから、天蓋《てんがい》付きのベッドでひとりで寝ていた。

「……長居しすぎたね。一階に戻ろう。あと望みがあるのは、台所の勝手口だ」

階段を下りながら思う。なぜ、弟の部屋だけスイッチの仕組みが違うのだろう？

†

一階に戻り、当時のリビングに入って……絶句した。テーブルの上に、五人分の夕食が並んでいたのだ。

山盛りの天ぷらに、炊きたてのご飯。ほんわりと湯気が立った味噌汁。卵焼き。おひたし。

「なんだこれ……。春親。なんなんだよ、これ」

後ずさる真尋の横で、ため息をつく。

「……実は薄々思ってたんだ。当時だけ、時間が早く進んでるって」

最初に夫婦の部屋でスイッチしたとき、室内は明るく、昼だった。その後居間で見た壁掛け時計は、午後三時過ぎ。

和室をぐるぐる回って縁側に行くと、夕方だった。そして、兄の部屋で見たデジタル時計は、17：25……。

「え、ヤバくね？　このまま当時も進んでったら、両方夜になるってことだよな？」

壁掛け時計を見る。時刻は午後七時——まもなく日没だ。

『ネエ……』

「うわあああ！」

気づけば、リビングの隅にあるテレビ台の陰から、化け物の上半身が生えていた。

『ネエ、ネェ』

「真尋、勝手口から出ろ！」

突き飛ばすように真尋を台所に押しやる。僕はあえて電灯の下に出た。

化け物は、単純な言葉を繰り返しながらその場で揺らめいていたが、僕の姿に気づくと、ぬるついた音ともにこちらに近づいてきた。

『居タァ……ッ！』

廃墟の廊下へ出て、和室の中を回り、交互にスイッチしていく。

『置イテカナイデヨォォオオ』

化け物はしつこく追ってきていたけど、なんとか撒くことができた。

「……っ、はぁっ、はあっ」

呼吸を整えながら廃墟の台所へ向かう。引き戸を開けると、真尋の姿はなかった。無事逃げられたのだと思い、ほっとしながら勝手口に近寄る。しかし。

「ドアが……壁になってる」

バッと振り返り、室内を見回す。真尋は居ない。

「まずい。はぐれた」

真尋は、機材が入ったリュックで機動力が落ちている。あいつがカメラを放り出すとは思えないから、最悪――

「真尋！」

焦って部屋を飛び出すと、廃墟の階段下で、見慣れたピアスバチバチ野郎が丸くなっていた。

「はー……よかった。無事で」

「ははは。下手に動くなっつう春親センパイの教えを守ってた」

「無謀なこと言ってごめん」

「オレは全く心配してなかったけどな。あんだけじーちゃんにしごかれてるお前が、化け物ごときに追いつかれるわけねえもん」

いつもの調子で笑う真尋を見て、心底ほっとする。

真尋は横を指差しながら言った。

「なあ、納戸見てみねえ？」

「ええ？　この中で追い詰められたら、さすがに逃げられないよ？」

「当時の納戸見たら、家ん中コンプリートだろ。一瞬一瞬」

渋々、焼け焦げた扉をこじ開ける。と、信じられない光景がそこにあった。

「うわああっ！」

死体が転がっていた。四十歳くらい。伸び放題のひげと、ボロボロの服で、どう見ても……。

「こ、これ。この家の人間じゃねえよな」

「多分」

しゃがんで見てみると、男の首元には、縄で締めたような痕がついていた。冷たくなっているけど、体は硬直していないので、死んでからそんなに時間は経っていなさそうだ。

男の服のポケットを探ると、財布の中に免許証が入っていた。

「尚沢悟《さとる》……」

「おかしいだろ。事件が起きたのは深夜だぞ。なんで尚沢が死んでんだ」

「……もしかしたら、一家を殺したのは、尚沢じゃないのかもしれない。尚沢は元々ここで死んでいて、別の誰かが家族全員を殺したあと、尚沢に罪をかぶせるために火をつけた。とか」

「マジ？　やべーじゃん。真犯人はいまも逃げてるかもってことだろ？」

僕はため息をつき、真尋に黙っていたことを話すことにした。

「実は、ずっと違和感があって。山岸さんの話では、『弟は、逃げる途中で納戸に引き込まれた』って流れだったでしょ？　でも、おかしいんだよ。焼身自殺をするのに、子供なんかいたら邪魔に決まってる」

真尋は息を呑み、死体を見下ろす。

「……じゃあ、真犯人は、元々尚沢が死んでる納戸に繁雪を押し込んで、火をつけたってことか？」

「姿を見られて口封じ、とか。……いや、でもそれなら、斧で殺した方が早いか」

首をひねっていると、廊下の向こうから化け物の声が近づいてきた。

「やべ、とりあえず逃げるぞ」

廃墟の廊下を慎重に進みながら、考える。

なぜ、突然尚沢の死体が現れたのか。なぜ、生活の気配はあるのに、他の家族はいないのか。

（当時の時間を、事件が起きた深夜まで進めるしかないのか……）

嫌な汗がにじむ。きっとこの予想は、合っている。

僕たちは、凄惨な光景を目の当たりにしてしまう――

ぐるぐるとスイッチしながら当時の様子を見て回った。

食事が片づき、兄の宿題は済み、風呂が沸き、たたんだ洗濯物が各部屋に届き、それもしまわれる。祖父母の部屋では、詰め将棋と編み物がにょきにょきと増えて……。

時間が進んでいくのを見るのは、気持ちが悪かった。無情に時間が過ぎているだけな気もする。

†

ただひとつ、ふたりとも見解が一致したことがあった。

弟の繁雪は、冷遇されている。

「ひでーよな、こんな狭い部屋でぼっち飯食わされるなんて」

当時の二階のホールにぽつんと、空の食器が置いてある。リビングに並んでいた食事とは違い、粗末なものだ。繁雪の部屋に入ると、薄いブランケットが落ちていた。

「夜は親と一緒に寝ているんだと思っていたけど、違いそうだね」

「なんで弟だけいじめてたんだろうな？」

「古い価値観だったんじゃないかな。家を継ぐ長男だけが大事にされていた、とか。それにしたって、こんなあからさまにやるのは異常だと思うけど」

村人に慕われ、中心的存在だった譲間家。でも実際には、次男をぞんざいに扱っていた。

「……なあ、春親。オレ思うんだけど、尚沢を殺したのは、家族の誰かなんじゃねえかな」

「僕もそう思う。夕方以降は全員揃っていたみたいだし。急に他人が入ってきて尚沢を殺しました、っていうのは無理だと思うよ」

ちょっと口をつぐみ、深呼吸する。

「尚沢を殺したのは父親だと思う」

「マジ？　理由は？」

「ただの消去法。小学生の繁雪くんが絞め殺すのは無理。母親は、尚沢殺害前後は家事をしていた。祖父は詰め将棋、祖母は編み物。弘くんは宿題」

「そーいえば、父親が何かしてる痕跡は無かったよな」

床に転がった目覚まし時計は、まもなく日付を越えようとしている。

「もうすぐ、事件当時と時間が一致する。それで、多分僕たちはこれから、家族の死体を見ることになると思う」

「うん。それはなんとなく覚悟してた」

死んだ尚沢が見えて、家族が見えなかった理由。単純に考えれば、この家では死体しか見えないのだと、すぐに分かった。

ならば、これからひとりずつ、死体となった家族とご対面になるのだろう。

「出口は【当時の勝手口】のはず。一日の再現を見せられていた意味は何なのかって考えると、『全員の死体を見つけて、事件の結末を見届けて外へ出ろ』ってことなんだと思う」

「あの化け物は？」

「尚沢の怨霊か何かじゃないかな」

何もかもが当てずっぽうの推理だ。本当は全部違うかもしれない。

「……ま、なんにせよ、ちっとでも可能性が高いことをやってくしかねーよな。春親ちゃん、頼りにしてるぜ」

ポンと背中を叩かれ、廃墟の階段ホールに出た、そのとき。

『殺シタァ……許セナイヨォー……』

「……え？」

ふたりで顔を見合わせた。化け物が、意味がありそうな言葉を発している。こんなのははじめてだ。

『殺シタァ、殺シタァ。人殺シノ嘘ツキィ』

一階の廊下をうろついているらしい。童謡でも歌うかのように、同じフレーズを繰り返している。

「嘘つきってなんだ？」

「二パターン考えられる。ひとつは、何か口実――例えばお金をあげるとか、そういう嘘で父親に呼び出されて殺されたとか。それか、譲間家そのものが嘘つき――要するに、繁雪くんのことを隠していたりする、闇の部分だね」

「どっちもかもな。尚沢は結構知ってたんじゃね？　じゃなきゃ殺さねーだろ、普通」

金を借りるために何度も譲間家を訪れるうちに、次男の秘密を知ってしまい、口封じに殺されたのか……。

「でも、まだ推理は不完全だ。尚沢を締め殺したのが父親だとしても、一家を斧で殺したのは別人だから」

遠くでは、化け物の奇怪な童謡モドキが響いている。

『死ンダ、死ンダ、■■■■■ガ死ンダ』

誰のことを歌っているのだろう。名前らしき箇所だけが、どうしても歪んで聞き取れない。

真尋も同じだと言う。

『死ンダ、死ンダ、■■■■■ガ死ンダ』

『死ンダ、死ンダ、■■■■■ガ死ンダ』

『死ンダ、死ンダ、■■■■■ガ死ンダ』

不快な響きが耳にこびりついて、離れない。

一階に降りて、戦慄した。階段下から東側の廊下に向かって、レールのような傷が続いていたからだ。

おそらく、斧を引きずった痕。傷は、祖父母の部屋の前で途切れている。

「……………入るぞ」

ふすまを開けると、布団の上に、血まみれの死体がふたつあった。近寄らなくたって分かる。祖父母だ。首回りがズタズタで、頭が切り落とされている。

「こっ、これ、畳剝がしただけで血の痕無いとか無理じゃね？　天井までびちゃびちゃじゃねーか」

喉笛を掻《か》き切られた老人の死体は、噴水のように血を噴き出したらしい。部屋中血まみれ。やっぱり、入った時点からこの家はおかしかったのだ。

廊下に戻ると、当時のままだった。ただし、床の傷と血痕が、西側の廊下へ続いている。

「あれ、廃墟になってねえな？　なんでだ」

「事件当時と、時間が一致したからだと思う。スイッチしない代わりに、殺害の様子が再現されていくんじゃないかな」

「……きっちいな。そんな実況見たくねえよ」

気が重い。でも、進むしかない。化け物は僕たちを誘うように、『死んだ』の歌を繰り返している。

廊下を折れ、縁側へ進む。夫婦の寝室へと続く血痕を見て、真尋はため息をついた。

「はぁ……。子供が庭に出らんなかった理由が分かったわ。血の痕で、犯人が縁側に向かったって分かってたんだな」

「うーん……」

また、僕の中で疑惑が膨らむ。真尋の推理は、おそらく半分当たりだ。兄はそう考えた可能性が高い。でも、弟は——

「行くぞ」

真尋が障子を開けると、並んだ布団の上に、腹を叩き切られた母親の死体が落ちていた。

「……ぅ、わ。グロ」

「父親は仏間に逃げたみたいだね」

血痕が示す通りにふすまを開けると、背中をめった刺しにされた父親の死体があった。

逃げられたことに激昂《げっこう》したのか、父親に対する恨みが特に強かったのか。腕も脚も、辛うじてくっついている状態で、バラバラ死体と呼んでも差し支えないほどだった。

「一応、斧で殺された死体は全部見つけたな。あとは、納戸で焼かれた繁雪を見りゃいいってことか？」

「ここを開けたら火事が起きてる、なんてこともあり得る」

ごくりと唾を飲む。ここまで見て確信した。一家殺しの真犯人も、あの化け物が誰なのかも。

「……真尋、訂正する。あの化け物は尚沢じゃない。繁雪くんだ。繁雪くんが一家を殺した」

「はあっ⁉　なんでだよ！」

目を丸くする真尋をじっと見据える。長い付き合いだ。目を合わせるだけで、僕の本気度は伝わった。

「……分かった。春親が考えたこと、全部教えてくれ」

「そもそも、一家殺しの容疑者は、兄弟のどちらかだった。尚沢の死体が納戸にあることを知っているのは、家族だけだから。外から来た犯人が尚沢に罪をかぶせるのは、無理なんだ」

「確かに」

「で、次にヒントになるのが、斧を引きずった痕。中学生の弘くんなら、肩に担げる。引きずらざるを得なかったのは、犯人が小柄だったから」

「繁雪はロクなもん食ってなかったし、ちっちゃかったかもな」

就寝中に斧という手口を選んだのも、腕力がなかったからだろう。凶器そのものに重みがあり、対象が動かないなら、子供でも殺せる。

「父親を殺したあと、繁雪くんはこのふすまを開けて外へ出ようとするんだけど……ここでアクシデントが起きる。二階から降りてきた弘くんと鉢合わせたんだ。弘くんは、血まみれの弟が何をしたのか、すぐに分かったはず。それで、自分の身を守るために、納戸に繁雪くんを押し込んで火をつけて、自分は台所の勝手口から逃げた」

「なんで弘は玄関から出なかったんだ？」

「北側の勝手口が森に近いから。この家は、正面以外の三方向が森で、正面が開けてる形だから、南側の玄関から逃げると目立つ。もし、納戸が焼ける前に誰かに見つかったら、繁雪くんが助かるかもしれないでしょ？　だから時間稼ぎのために、勝手口から森へ逃げたんだ」

何が起きたのかは明らかになった。でも、動機は全然分からない。

なぜ繁雪は、家族を殺したのか？　なぜ弘だけは殺さなかったのか？　弘は、どこから火を持ってきたのか？

「……おけ。春親の推理は理解した。で、どうやって勝手口まで行けばいい？」

「もう部屋を移ってもスイッチはしないっぽいから、化け物から逃げることだけ考えよう。僕を信じてついてきて」

「分かった」

北側廊下へのふすまを開くと、納戸の前に行燈が並んでいた。

その中心では、化け物が背を丸めている。ゆらゆらと明かりに照らされて、なんだかその姿は寂しそうに見えた。

「……繁雪、なのか？」

真尋が小さくつぶやくと、化け物はこちらを向いた。

『オニィチャン……？』

子供の声だった。ボイスチェンジャーのような歪んだ声だけど、確かに子供のものだ。

『オニイチャン』

僕たちの声を認識している。というより……。

『オニイチャン！　戻ッテキタ！　オニイチャン！』

「……やべ。オレ、弘だと思われてる？」

化け物は、ぬちゃぬちゃと粘着質な音を立てて、影の中をぐるぐる回っている。

キャッキャッと声を上げながら、楽しそうに床の中に消えていった……と思った、次の瞬間。

『捕マエタァァァァ――――ッ！』

背後から飛び出してきた化け物が、勢いよくリュックを掴んだ。真尋が床に倒れる。

「うわあああっ！」

化け物は信じられないほど強い力で、真尋の体を納戸へ引きずってゆく。

「真尋！　リュック下ろせ！」

「無……理ッ」

うめく真尋の右腕を摑み、リュックの肩ベルトを外す。そのまま上体をひねって左も抜こうとする。しかし。

『オヤツ、オヤツ！　一緒ニ食ベヨウ！』

化け物が真尋の脚を引っ張り、床の中へ潜る。真尋の下半身が床に引きずり込まれる。

「春親、逃げろ……！」

叫ぶ真尋の腕を摑むが、化け物の力が強すぎて太刀打ちできない。両腕で抱え直し、脚を踏ん張って引き抜こうとする。

『オニィチャン、オニイチャン！　アソボォオ！』

「こいつは弘じゃない！　秋野真尋！　僕の親友だ！」

真尋は、辛うじて顔と肩だけが出ている状態だ。必死で引っ張るも、手がしびれて力が入らなくなってきた。

「く………っ」

両脚のスタンスをとり、踏ん張って目をつむった、そのとき。手の甲に痛みが走った。驚いて目を開けると、真尋が僕の手を嚙んでいた。

「なにっ、やめっ……！」

何度も嚙まれ、手が離れてしまう。

「真尋、待て！　行くな！」

叫ぶ僕を見て、真尋は目を細めて笑う。そして、口パクでこう言った。

『出ろよ、ばぁか』

真尋の顔が、影の中に溶けてゆく。結んでいた髪がばらけ、床の上に散らばる形になり

……やがてそれも、全て飲み込まれてしまった。

†

しばらくその場で、呆然《ぼうぜん》としていた。

化け物の姿も声も消え、僕はひとり、真っ暗な廃墟に取り残されていた……はずだった。

「あれ……？　朝？」

階段の踊り場の窓から、太陽光が射している。リビングから、幼児向けテレビ番組と思《おぼ》しき音も聞こえてきた。

『もーいーかい！』

『まぁだだよ』

振り返ると、三歳と八歳くらいの男の子が、かくれんぼをしていた。

『もーいーよ！』

子供たちの幻がすっと消え、廊下が静寂に包まれる。

(廃墟でも当時でもないところにスイッチしたのか……?)

リビングの引き戸を開けると、四歳くらいの男の子が、部屋の真ん中でキョロキョロしていた。

『おにぃちゃんどこー? ……あ、いた!』

『えへへ。繁雪はかくれんぼが上手だな』

ぐりぐりと撫でられて、うれしそうに頬を赤らめている。そして、ふたりは消える。

これは、この家の記憶だろうか?

台所に入ってみると、相変わらず勝手口は壁になっていて、外へは出られない。窓から入った朝日が鏡を照らして、まぶしさに目を細めた。

浴室、居間、仏間、トイレ……ひとつずつ見て回る。ふたりは少しずつ成長していて、いつもかくれんぼをしている。

『繁雪、みーつけた』

『みつかったぁ! じゃあじゃあ、次はぼくね!』

はしゃぐふたりの姿を眺めながら、少しずつ理解していく。

化け物が、明るいところでしか僕たちを認識できなかった理由。そして、捕まえられそうな位置にいながらも、何度も逃していたこと。

化け物になってしまった繁雪にとって、あれは、かくれんぼのつもりだったなのかもしれない――

兄弟は、この家の中にあふれる光と、その光が織りなす影を愛しているようだった。

でも、その関係は、徐々におかしくなってゆく。そのことに気づいたのは、仏間に入ったときだった。

小学生になったらしい繁雪が、薄汚れた体操着姿でうつむいている。弘は困ったような表情で、頭を撫でていた。

『ぼく、悪いことしてないのに……』

『兄ちゃんは分かってるよ。母さんたちがおかしいんだ』

『みんな、ぼくのことをきらいなのかな』

『俺はずっと繁雪の味方だよ。大丈夫』

廊下に出ると、また少し大きくなった繁雪が、バケツを持ってじっと立たされていた。

その横を、学ラン姿の弘が通る。うつむいていて、会話をすることはないが、そっと指だけ触れて二階へ上がっていった。

（会話を禁止されていたのか……）

すると、廊下の向こうから、尚沢が歩いてきた。

『おじちゃん！　来てたの！』

『こら、家の中で話したらダメだよ。繁ちゃんが怒られちまうんだから』

『でも、おじちゃんとおしゃべりしたいんだもん』

『また外でな』

繁雪は、尚沢に懐いていた——僕はそこで、ハッと気づいた。

死んだの歌。あの聞き取れなかった部分は、こう言っていなかったか？

『死ンダ、死ンダ、■■■■■ガ死ンダ』

『死んだ、死んだ、おじちゃんが死んだ』

悪い予感がする。

焦って二階へ上がり、弟の部屋に入ろうとしたが、鍵がかけられていて開かない。

兄の部屋に入ると、弘が床にうずくまっていた。壁の向こう、弟の部屋から、母親の金切り声と、繁雪が泣き叫ぶ声が聞こえる。

何かを叩きつけたり殴る音も混じっているので、虐待されているのかもしれない。弘の目には涙がにじんでいる。

机の上に開いたままのノートには、こうつづられていた。

8／4　繁雪がまたいじめられてる。助けたいのに何もできなくてつらい。

8／5　こんな家もう出て行く。みんな嫌いだ。繁雪は俺が守る。

逃げる計画をしていたのか。この殺人も、元々は弘の計画だったのか？

「……いや、違う」

つぶやきながら、戦慄した。

8／6　繁雪が庭で、じいちゃんの斧を引きずってた。部屋に持ってったかも。ずっとひとりで笑ってる。母さんに言えない。

8／7　繁雪の部屋に入った。マッチとペットボトルを見つけた。灯油が入ってた。とりあえず取り上げた。斧は見つからなかった。

8／8　怖い。繁雪が何かする。怖い。逃げたい。逃げたい。

日記はここで終わっている。事件が起きたのは八月九日だから、いまは前日なのだろう。足元の弘は、ブルブルと震えている。隣の部屋からは相変わらず、母の怒声と、繁雪が「ごめんなさい」と繰り返しながら泣く声がしていた。

これで、全ての謎が解けた。なぜ繁雪は弘を殺さなかったのか。弘が納戸を燃やした、その火種はどこにあったのか。

シンプルな答えだ。弘は元々、繁雪の殺害計画を知っていたというだけ。そして、繁雪が用意していた灯油を、部屋に保管していた。

繁雪が弘を殺さなかったのは、味方だと信じていたから。一家を殺したあと、一緒に逃げてくれると思っていたのだ。

もし斧も一緒に回収できていれば、こんなことにならなかったかもしれない。父親が尚沢を殺したりしなければ、本当に実行されることはなかったかも。

(そんなたらればの話、考えたって意味ないけど……)

影の中に飲み込まれていく真尋の姿が頭をよぎり、泣けてくる。弘の幻と、母子の叫び声が消えた。これで終わりだろうか。

悲嘆に暮れている場合じゃない。ここから出なければ。

一階へ降りると、真っ暗な廃墟に戻っていた。化け物の気配はないが、廊下のいたるところに、行燈が置いてある。

念のため明かりを避けつつリビングに入り——僕は愕然《がくぜん》とした。

「……ここでスイッチするのかよ」

室内が、事件当日の夜になっていたのだ。

真っ暗な部屋の床に、血の足跡がベタベタとついている。逃げた弘のものだろう。

スイッチの仕組みが復活したなら、このまま台所へ向かっても、廃墟になってしまう。廃墟の台所の勝手口は壁になっているから、出られない。当時になるようにスイッチして、台所に入らなければ。

　和室で調整すべく部屋を出ようとした、そのとき。

『オニイチャンジャナカッタァアア――――！』

「うわあああああッ！」

　天井の高さまで大きくなった化け物が、背後に立っていた。

『嘘ツキ！　ネエェェエエ！　オニイチャン！　置イテカナイデェエエエエッ！』

「クッソ……！」

　廊下へ飛び出し、居間に駆け込む。畳の上には無数の行燈が置かれていて、くっきりとできた影が、ゴボゴボとうごめいている。

　飛び越しながら走るも、何度も足を取られてよろけた。

『助ケテヨォオ。熱ィヨオオォォ。待ッテヨォォ』

　化け物は伸び縮みしながら、ぬるついた音を立てて猛スピードで追いかけてくる。

「はぁっ、はあっ、来るな！　来るな……っ！」

　追ってくる化け物を撒くのに必死で、計算ができない。自分がどこにいるのか分からない。

「うわあっ！」

　何かに足を引っかけて派手に転んだ。起き上がって見ると、ズタズタの父親の死体だった。

そのそばで、行燈が倒れている。

――ボワッ
視界の端で、仏壇が燃え上がった。またたく間に火は勢いを増し、部屋が炎に包まれる。

「まずい……っ」

室内が熱気と黒煙に満たされ、激しく咳《せ》き込む。

『熱ィイ……オニイチャン……行カナイデェ……』

口元を覆いながら振り返ると、炎が燃え広がった部屋の隅で、化け物が立ち往生している。

（そうか、影を無くせばいいんだ！）

ふすまを次々と開け、行燈を蹴り飛ばす。視界の全てが、真っ赤に燃えていく。

『オニイチャン！　オニイチャン！』

天井から、建具のすき間から、化け物が腕を伸ばしてくる。僕は必死に、当時の台所を目指した。

廃墟、当時、廃墟、当時。スイッチを繰り返し、当時の台所に飛び込む。壁を隔てた納戸から、子供が泣き叫ぶ声が聞こえた。

「お兄ちゃん！　助けて！　熱いよぉっ！」

ドンドンと壁を叩く音を聞きながら、歯を食いしばり、行燈を蹴散らして台所を燃やす。

この勝手口が開かなければ、僕は終わりだ。でももう、こうするしかない。

『ヴァアアァアア………』

子供の声と、化け物の声が重なる。リビングと台所を隔てる引き戸の前で、巨大な化け物が揺れていた。

(真尋、繁雪……、ごめん！)

ガスレンジの上に置きっぱなしの天ぷら鍋を投げつける。一気に燃え広がった炎が爆発し、化け物の影を飲み込んだ。

『ァア、ア、ァ——……』

熱風に耐えながら、高温になったドアノブを無理やり握った。ノブが回転する。外へ出られる！

ふと顔を上げると、勝手口の横に掛かった鏡が目に入った。

「………あ」

炎に照らされた僕の顔には、くっきりとした陰影ができていた。

「ミーツケタ」

目、鼻、唇のくぼみの影が、ズルリと音を立てる。

複雑な陰影から生えてきた無数の指が、僕の顔を覆い、バキバキと骨を——。

相川英輔
herry Tree

第3話
Under the
Feat.梶井基次郎『櫻の樹の下には』

体調が悪いので保健室に行くと数学の先生に嘘をつき、屋上に出た。昼休みは生徒でいっぱいになるこの場所だが、予想どおり授業中の今は誰もいなかった。

立っていられず、私は屋上の床に座り込む。

もう無理かもしれない。

クラスメイトたちの会話に違和感を覚えるようになったのは、小学校高学年くらいからだろうか。漫画やユーチューブの話ならまだなんとかついていける。でも、男性アイドルや人気歌手の話題になると、彼女たちのように無邪気にはしゃぐことができなかった。学校の男子についてもそうだ。「サッカー部の誰くんがシュートしている姿が最高だ」とか「生徒会長の何とか先輩は学校で一番イケメンだ」とか、正直興味が湧かない。いや、気持ち悪いとさえ感じる。男子たちはいつもぎらぎらしているように見えて、同時に腐った魚のような生臭さも感じる。女子グループの盛り上がりに水を差さないよう愛想笑いを浮かべ続けることにもう疲れた。

さきほどの休み時間は高橋先生の話題で持ちきりだった。二年生になり、英語の担当が彼だと知ったとき、女子たちは声をあげて喜んだ。お洒落《しゃれ》で、若くて、スタイルもいい。定年間際のクラス担任とは大違いだ。今日が一学期になって最初の授業だったけれど、噂どおりの先生ではあった。大学生のときにはロンドンに一年間ほど留学していたそうで、英語の発音も流暢《りゅうちょう》だった。

みんな高橋先生に夢中で、競うように早口で褒めちぎった。先生は百種類以上のネクタイピンを持っているという噂で、今日はアルファベットがあしらわれたものを着けていた。たしかに高橋先生は、男子たちのような生臭さは感じないし、私でもハッと心を奪われるような瞬間もあった。でも、だからといってクラスメイトのように熱狂的に大騒ぎする気持ちにはどうしてもなれない。

二時限目が始まっても高橋先生の余韻はクラスの中にまだ残っていた。女子たちは夢うつつに数学の授業を聞いている。次の休み時間も同じ話が繰り返されるのだろう。さきほどは相槌《あいづち》を打つだけでやり過ごすことができたけれど、次はもう逃れられない。周囲に迫られ、「自分が感じた高橋先生の素晴らしさ」を発表させられるのだ。そんな姿を想像するとどうしようもなく息苦しくなった。耐えられなくなり、私は教室から逃げ出した。

空は、神様が雲を配置し忘れてしまったかのような青空で、春らしい暖かな風も心地いい。なのに、どうして自分の気持ちはこんなにも濁っているのだろう。きっとクラスメイトたちがまともで、私のほうが異常なのだろう。

日に日に体つきが変わっていくのも気持ちが悪い。まるで何者かに体をのっとられたかのようにさえ感じる。男子は背が伸びることを、女子は胸が膨らむことを喜んでいるけれど、私はどうしてもそれを受け入れることができずにいる。

いっそ誰とも話さず一人で学校生活を送ればいいのかもしれない。でも、孤独に生きていく勇気は持ち合わせてはいなかった。自分を苦しめるだけの歪《いびつ》な輪だと分かっているにもかかわらずだ。私は弱い。貧弱で、情けない存在だ。そんな自分が嫌でしかたなかった。

家に帰りたくない。

授業を抜け出したことを両親が知ったら激怒するだろう。娘が不良になった、と母は泣き出すかもしれない。こんな大それたことをしたのは生まれて初めてだ。今さら後悔の念が浮かんでくる。しかし、もう戻ることもできない。いろいろなことを考えれば考えるほど辛くなっていく。

私は立ち上がるとフェンスに近づき、手をかけた。乗り越えられないように上部は尖《とが》った槍《やり》のような形状をしているけれど、あんなのはただの脅しだ。本気で上れば障害にもならない。屋上からグラウンドまでの高さは十メートル以上ある。飛び降りればきっと死ねるだろう。いや、死ねなくても、大怪我をすれば当面学校に通わなくてよくなるし、両親だって授業をさぼったことなんて放って看護してくれるはずだ。幼稚園時代、肺炎で入院したときは楽しかった。もちろん、病気の苦しさはあったけれど、お医者さんや看護師さんたちがすごく親切にしてくれたし、お母さんもいつになく優しかった。あのときみたいな時間が過ごせるなら今すぐにでも入院したい。

眼下のグラウンドでは一年生たちが何チームかに分かれて体力測定をしていた。ハンドボール投げ、二十メートル走、立ち幅跳び。私の存在に気づく生徒は一人もいない。

正門を挟んで両脇に四本ずつ桜が植えられている。まさに今が満開の時期だ。風が吹くたびに花びらが舞っている。しかし、そんな美しい光景も私の心を慰めてはくれなかった。

去年の冬、一学年上の女子生徒が行方不明になった。二学期も終わりに近づいたある日、夜遅くになっても自宅に帰ってこなかったのだ。家出や自殺を仄《ほの》めかすような置き手紙もなかったことから、誘拐された可能性が考えられた。けれど、身代金の要求などは一切行われなかった。とても綺麗な生徒だったので「変質者に拉致されたのかも」と一部では噂された。しかし、警察がどれだけ捜査しても疑わしい人物は浮かび上がってこなかった。保護者は半狂乱になり、何度も学校に乗り込んできた。意味不明の言葉を喚《わめ》きながら廊下を渡り歩き、教員に制止される姿を見たのは一度や二度ではない。「あれは神隠しだ」などとも囁《ささや》かれるようになったけれど、次第に話題にのぼる回数が減り、彼女の存在自体が忘れ去られていった。時間の経過は残酷だ。

私もあんなふうにパッと消えてしまいたい。

腕を伸ばしてフェンスを摑《つか》んだ。体重がかかり、指先に痛みが走る。靴のままでは上りづらいので足を振って脱ぎ捨てた。フェンスがぎしぎしと音を立ててたわむ。血迷ったわけじゃない。最初からこれが目的で屋上に来たのだ。未練や迷いはないし、恐怖感もない。自分でも不思議に感じるくらい冷静だ。

これで楽になれる。もう二度と教室や家に戻らなくていいと思うと、嬉しさに頬が緩む。

「あのさ」

　突然、声をかけられた。私は驚いて摑んだ手を放してしまった。なんとか床に着地できたものの、バランスを崩し尻もちをつきそうになる。声の方向を見ると、出入り口のドアのところに女子生徒が立っていた。

「別に止める気はないんだけど、よかったら後にしてくれない？　私、ここで本を読みたいの」相手はほとんど抑揚のない声でそう言った。

　動揺してとっさに返事ができない。知らない人だけど、上級生だということは分かる。

「あなたが飛び降りたら大騒ぎになるでしょう。今後ここが封鎖されたら困るけど、せめて今日までは使いたいの。読みかけの本がもう少しで読み終わりそうだから」

「いえ、その、飛び降りとかそういうつもりじゃないんです」私は慌てて否定する。脱ぎ捨てた靴を相手にばれないよう履き直す。

「それはどっちでもいいけど」相手は興味なさそうに応えた。

　この人、紗世さんだ。

　ようやく気がついた。整った目鼻立ち、モデルのように長い手足、髪型は校則どおりなのに、彼女だけ特別待遇されているかのように輝いて見える。一歳しか違わないとはとても思えないほど大人びている。校内中に響き渡っている評判。女子生徒が高橋先生に憧れるように、男子の多くは紗世さんに恋していた。冬に消えた女子生徒と人気を二分していたものの、今は独占状態だ。過去に廊下で何回かすれ違ったことがあるけれど、それだけで同性の私まで胸がドキドキしたほどだ。

ただ、飛びぬけた容姿を持つ反面、さまざまな悪い噂がつきまとってもいる。授業は頻繁に抜け出すし、これまで何度も補導されているともいわれている。社会人とつきあっていて、無断外泊を繰り返しているなんて話を耳にしたこともある。

紗世さんは反対側のフェンスに背をもたせ、膨らんだスクールバッグの中から本を取り出した。三メートルほど離れているけれど、英語のタイトルが見てとれた。原文で読めるようだ。彼女はもうこちらの存在を忘れたかのように本を読み始めている。

どうしたらいいのだろう。三分ほど身じろぎせずその場に留《とど》まったけれど、自分から動かなければ状況は変化しなさそうだった。

「あ、あの――」

私の声に反応し、紗世さんがちらりと視線をあげた。

「……その、本が読みたいなら図書室のほうがいいような気がするんですけど」

「今は授業中でしょ。司書の先生に追い返されるわよ」

たしかにそのとおりだ。でも。

「ここには椅子もベンチもないし、長時間いたら日焼けしちゃいます。まだ春だけど」

私がそう言うと、彼女はかすかに口角をあげた。

「立って読むほうが集中できるの。あと、日焼けなんて気にしてない」

何を言っても通用しない。

「そっちの計画を邪魔して申し訳ないけど、私には私の都合があるの。だから、あなたは教室に戻ってくれない？」紗世さんがそう言ってきた。

「……嫌です」

自然と拒否の言葉が出てきた。年上の人に歯向かうなんて、自分自身が驚いている。

紗世さんがパタンと本を閉じ、こちらに向かって歩いてきた。身長は向こうのほうが十センチほど高い。強い緊張と怯《おび》えを覚える。フェンスを乗り越えようとしていたときのほうがよほど落ち着いていた。

彼女が目の前に立つ。

「私はあなたの親でもないし担任でもない。だから、『死ぬな』なんて無責任なことは言わない。何をするのもあなたの自由よ。でも、できるなら今はやめてほしいの。これは命令じゃない。私からのお願いよ」

間近で見る紗世さんの美しさに、一瞬恐怖を忘れる。肌のきめ細やかさなどは精巧なＣＧのようでさえあった。でも、彼女自身は、そんな傑出した容姿をどこか持て余しているようにも見えた。

「……もう限界なんです。教室にも家にも戻りたくありません」私は勇気を出して、そう答えた。

　怒られるのを覚悟して目をつむった。

「まあ、気持ちは分かるよ。クラスメイトとか親とかくだらないもんね」

「えっ？」

　驚き、目を開けた。

「気が向いたら本でも読むといいよ。クラスメイトも親も選ぶことはできないけど、本だったら自分の意志で好きなものを選ぶことができるからね」

　意外だった。近寄りがたい人だと思っていたけれど、見ず知らずの相手にこんな話をしてくれるんだ。

　不意に強い風が吹き、紗世さんと私の髪がなびいた。シトラスの香りがする。ヘアオイルを使っているようだ。桜の花びらも舞い上がり、屋上にまで届いた。

　紗世さんが足元に落ちた花びらを拾う。そして、校庭の桜並木に視線を移した。

「桜って綺麗よね」

「そうですね」私も彼女と同じ方向を見下ろす。

「満開の桜には奇妙な力があるの。周囲の空気を変えてしまうような神秘的な、幻覚的な力よ。他の花がどんなに可憐《かれん》でも、どんなに鮮やかでも、その力は備わっていない。桜だけが持っている魔力よ。桜吹雪の中に立って身を委ねると、世界の時間が静止するような感覚がするでしょう」

「……なんとなく分かるような気がします」

しばらく間が空く。紗世さんは何か考えごとをしているような表情だ。身じろぎせず横目で様子を窺《うかが》っていると、紗世さんが再び口を開いた。

「一番右の桜、見える？」

「はい」

「他の桜より花の色が濃いと思わない？」

言われてみるとたしかにそうだ。あれはピンクというより赤に近い。

「不思議よね、全部同じソメイヨシノなのに。でもね、もっと奇妙なのは、あんな紅色《べにいろ》みたいに赤いのは今年からなの。去年、ここで見たときは他の桜と何も変わらなかった」

「そうなんですか」

「どうしてだと思う？」

「どうして？　理由があるんですか？」

「理由もなく桜があんなに赤くなるわけないでしょう」彼女はさも当然といったふうに言った。

桜の花が赤くなる原因。考えてはみたものの想像もつかなかった。

「分かりません」と正直に答えた。

「あの桜の樹の下には死体が埋まっているの」

突然の発言に息が詰まった。

「殺されて、埋められた人間の死体よ。それは土の中で少しずつ腐乱していくの。ウジが湧いて、ひどい臭いを発するようになる。どんなに若かった人も、どんなに美しかった人も等しく腐っていくの。腐乱した死体からは水晶のようなきらきらした液体が漏れ出してくる。桜はイソギンチャクみたいに毛根を伸ばしてそれを吸う。毛根から根に、根から維管束を通って幹に、そして枝から花に水晶液の栄養が行き渡る。殺された人が抱いていた夢とか希望とかを余さず吸い取って、死体と桜は一体になる。だからあんなに美しいの。あの赤色は血の赤なのよ」

この人はいったい何を語っているのだろう。紗世さんははっきりと笑い顔を浮かべていた。その顔は美しくも恐ろしかった。

あそこに死体が埋まっている？　この人はどうしてそんなことを知っているのだ。紗世さんは妄想を口にしているわけではない。表情を見れば分かる。彼女は確信をもって事実を語っているのだ。

「あなたみたいに綺麗な子が埋められたら、桜はさぞ赤く咲き誇るでしょうね。死んだ後、あんなふうに妖しく咲けるなんて幸せだと思わない？　焼かれて骨になって、冷たいお墓に入れられるなんて最悪。私も死んだら桜の樹の下に埋めてほしい」

紗世さんは独り言のようにそう続けた。

「私、綺麗なんかじゃありません」

そう否定した。紗世さんからそんなふうに言われる資格がある人間なんて、この世のどこにも存在しないだろう。でも、彼女は聞こえていないかのように受け流した。

ここでフェンスを乗り越えて転落死したらどうなるだろう。紗世さんが言うように、火葬されて祖父母の眠る墓に一緒に収められてしまうのだろうか。そこに、いつか父と母も入ってくるのだろうか。そんなの嫌だ。家族と永遠に閉じ込められることを想像すると怖気《おぞけ》がした。

「私はどうしたら――」と言いかけたところで再び出入り口のドアが開けられた。

「ん？　君たち、こんなところで何をしているんだ？　今は授業中だぞ」

高橋先生だった。私も驚いたけれど、先生も同じくらいびっくりしている。紗世さんだけが表情一つ変えなかった。

「君はさっきの授業にいた二年生の子だな。どうしてこんなところにいるんだ？」

動揺しているのか、先生の口調は授業のときよりいくらか荒っぽかった。

「あの、いや、違うんです」

「何が違うんだ」

「その――」

高橋先生が詰め寄ってくる。大人の、男性の強い感情をぶつけられると恐怖で身が竦《すく》んでしまう。紗世さん、助けて。

でも、彼女は我関せずといったふうで、聞き取れないほど小さな声で何かを呟《つぶや》いた後、高橋先生の脇をすり抜け、出入り口に向かって歩き出した。

「おい、ちょっと。待ちなさい」先生が彼女を止めようと声をかける。

紗世さんは私と先生を一瞥《いちべつ》すると、そのままノブに手をかけ校舎内に戻ってしまった。

その後、私は担任の先生に引き渡され、職員室で一時間近く叱られた。何を訊《き》かれようとも、保健室に行くつもりが頭がぼおっとしていたせいで誤って屋上に行ったのだ、と嘘をつき続けた。本当のことなんて話せるわけがない。これまで校則違反を犯したことは一度もなく、問題行動を起こしたこともなかったので、今回に限り親にも話さないで済ましてくれることとなった。

感情がぐちゃぐちゃに混線したせいか本当に熱が出てきた。結局、その日はそのまま早退することになった。

家に帰り、ベッドに横たわる。父も母もまだ仕事から帰ってきていない。外は天候が崩れ、夕方から大雨になった。窓を叩く雨粒の音が音楽のように聞こえる。

目をつむると紗世さんの姿が浮かび上がった。ヘアオイルの香りが脳の中で再現される。彼女が語った桜の話がいまだ理解できずにいた。私の行動を止めるつもりであんな突拍子もない話を作り上げたのだろうか。いや、そんなわけない。紗世さんは私のことなんて知りもしないし、興味もないはずだ。現に、最後まで名前すら聞かれなかった。彼女は自らが語りたいことを語っただけで、きっと相手は誰でもよかったのだ。

それでも嬉しかった。屋上で過ごした短い時間を思い出すたびに頬が緩んだ。誰もが憧れるあの紗世さんと話をしたのだ。熱はすぐに下がったけれど、土曜と日曜日の間、不調を理由に私は部屋にこもり続けた。親と話すことで、紗世さんとの思い出にノイズを挟みたくなかった。

「綺麗な子」と紗世さんに言われたとき、とっさに否定したけれど、今ごろになって喜びの感情が芽生えてきた。これまでも親や友達に容姿を褒められたことはある。でも、小さい頃はともかく、中学生になってからはその手の言葉は苦痛にしか感じなくなっていた。それなのに、紗世さんに言われると、同じ言葉でもまったく異なるふうに受け取ることができた。

月曜日、屋上に行ったらまた会えるだろうか。授業中に抜け出すのは難しい。それでもどうにかして再会したかった。もっと仲良くなりたいのか、一定の距離感を保ちたいのか、自分でもよく分からなかった。でも、分からなくても構わない。会って話ができればそれだけで十分だ。

金曜から土曜にかけて降った激しい雨のせいで、桜の花びらはずいぶん散ってしまっていた。学校沿いの細い用水路がピンクに染まっている。

教室に着くと、クラスの雰囲気がおかしかった。空気が張り詰めていて、あちこちでヒソヒソ話が行われている。私が勝手に屋上に行ったことがばれているのだろうか。しかし、誰も私に注目していない。

「おはよう。ねえ、聞いた？　失踪のこと」

表面上仲良くしているクラスメイトの一人が背後からそう声をかけてきた。

「失踪？」

私は訊き返す。

「知らないの？　学校だけじゃなくて、近所でも大騒ぎになってるのに」

土日の大半をベッドの上で過ごしたので知りようもない。

「うちの生徒がまた行方不明になったんだって。しかも、それが三年生の紗世先輩だっていうのよ」

「えっ？」

「びっくりよね。金曜日、夜になっても家に帰ってこなくて、親が警察に捜索願を出したけど、全然見つからないんだって。街の防犯カメラにも映っていないらしくて、この前と同じみたいに『神隠しだ』とかって噂されてる。あの日は夕方から大雨だったからカメラの映りが悪かったせいもあるみたいだけどね」

彼女は熱に浮かされたように早口にそう語った。

信じられない。あの紗世さんが消えてしまったなんて。ショックのあまり、私はよろけ、近くの机に手をついた。

「どうしたの、大丈夫？」

「うん、ありがとう。大丈夫」と私は嘘をついた。大丈夫なんかではない。

紗世さん。

あの美しい人がいなくなってしまうなんて。嫌悪しか感じないこの場所に登校できたのは彼女の存在があったからだ。会えたら何かが変わる気がしていた。それがどういう変化なのかは分からない。それでも、鬱屈した現状から抜け出せるような予感がしていたのだ。自分なら紗世さんのことが理解できるような気もしていた。でも、望みは消えた。

紗世さんはもう生きていないだろう。

不思議とそんな確信があった。ただ、自殺などではない。彼女は英語の本を読み終えることにこだわっていたし、死に惹《ひ》かれた人間の表情でもなかった。死を望む者は顔から生気が失われるのだ。毎朝、鏡に映る私の顔のように。

つっ、と一筋の涙が頰を伝った。

「どうしたの？　もしかして、まだ体調悪い？」

「ううん、ごめん。心配いらない」と私は首を振る。

「怖いよね。この学校、呪われてるのかな。うちの親もさ――」

私はクラスメイトの話を遮り、トイレに行く、と言ってその場を離れた。

個室に入り、トイレットペーパーで涙を拭う。金曜日もひどく混乱したけれど、今はもっとひどい。間違いであってほしい。いつものように毅然《きぜん》とした態度で廊下を歩いてほしい。

でも、失踪がデマや誤りでないことは心が理解している。

たった一回会話を交わしただけなのにどうしてここまで悲しいのだろう。いや、回数の問題じゃない。あのとき、紗世さんの魂に少しだけ触れられた気がした。そこにはたしかな手触りがあった。だからこそ、彼女がもうこの世にいないことが分かるのだ。

嗚咽《おえつ》が堪《こら》えられない。朝のホームルームが始まるまでには教室に戻り、着席しておかなくてはいけない。

大丈夫。切り替えられる。これまでだって周囲の空気に合わせ続けてきたのだ。授業が全部終わるまでは「真面目で悩みのない生徒」を演じるのだ。私は深く深呼吸をし、立ち上がって個室を出た。

放課後、大半の生徒が部活に向かう中、私は金曜日と同じ場所に足を運んだ。

屋上に人影はなく、空は夕焼けに染まり始めていた。紗世さんはもう生きていないと感じているのに、ここに来たら彼女に会えるかも、と足を運んだのだ。矛盾している。しょうがない。そんなに簡単に心の整理なんてできない。

私はフェンスの間際に立ち、グラウンドを見下ろした。

休み時間中は誰もが紗世さんの話をしていた。芸能事務所にスカウトされて黙って家出したんだ、冬のときと同様に変質者に拉致されたに違いない、いやいや交際している大人の家に入り浸っているだけかも、など。卑わいな言葉を口にしている男子もいた。彼らは紗世さんのことを心配しているのではない。極上のゴシップとして消費しているだけだ。無責任な声が耳に入るたび、憤りに体が震えた。私はたびたびトイレに逃げ込みながらも、なんとか授業が全て終わるまでやり過ごした。

ここで紗世さんと会話したのは自分の妄想なのではないか。だんだんそんなふうにも思えてくる。何が本当に起きたことで何が事実でないのか自信がなくなっていく。屋上に来たことで迷いはむしろ深まってしまった。

ガチャリと出入り口が開けられた。

紗世さんかも、と期待して振り返ったが、そこに立っていたのは高橋先生だった。

「君か」

先生の顔は疲れ切っているように見えた。

「こんにちは。今の時間ならここにいても悪くないですよね」

私がそう言うと、先生は頷《うなず》いた。教員に対してこんな口の利き方ができるなんて、自分でも意外に思えた。

「あの子の件、聞いたかい？」

高橋先生がフェンス際まで近づいてきて、横に並んだ。今日はシャンパンゴールドのネクタイピンを着けていた。今の私は動揺もしていないし、大人に怯えてもいない。

「紗世さんのことですよね。クラスの中で持ちきりでした」

「生徒たちの言葉に耳を貸す必要はない。人身売買グループに連れ去られたとか、神隠しだとか、何の根拠もないデタラメだ」先生は苦々しい表情を浮かべる。

「じゃあ、何が本当なんですか？」

「分かっていることは少ない。金曜日、学校に来た後、そのまま姿を消したんだ。近隣の防犯カメラにも彼女の姿は映っていない」

それはクラスメイトも話していた。

「それなら、まだ校内にいるんじゃないですか？」

「そんなわけないだろう」

「でも――」

「土日の間、教員は全員休みを返上して周囲を探し回った。もちろん校内もだ。だが、彼女の姿はどこにもなかった」

「学校の中には隠れられる場所がたくさんありそうですけど。階段下の資料室とか、理科実験室の奥とか」

「探したよ。徹底的にね」

「……そうですよね。すみません」

「警察も懸命に捜索している。だが、足取りがまったく摑めないんだ。……どうしてこんな短期間に二人もの生徒がいなくならなきゃいけないんだ」

高橋先生の言葉からは怒りと疲れが滲《にじ》み出ていた。

「君は、彼女と友達だったのかい？」

「私ですか？　友達とかそんな関係じゃありません。偶然ここで会っただけです。話したのも初めてです」

「そうだよな。学年が違うもんな。それでも、しばらく話したんだろう。何か手がかりになるようなことは言っていなかったかい？　彼女と最後に会話をしたのは、たぶん君なんだ」

「いえ、特には。あのときはこんな事態になるなんて予想もしていなかったんです」

「ささいなことでもいいんだ。教えてくれ。君たちはここでいったい何の話をしていたんだ？」

「本当にただの雑談だったんです。桜が綺麗だ、とか」

「桜？」

「あれです」

と私は指さす。

「正門の両脇に並んでいるあれです。話したときは満開だったのに、今は週末の雨のせいでほとんど散っちゃいましたけど」

「他には？」

「いえ、それ以外は特には」

「もし話しにくい内容なら自分の胸だけに留めて、警察や保護者には伝えないでおく。だから、僕にだけは真実を教えてくれないか？」

「——本当にたわいもない話しかしなかったんです」

「そうか」と高橋先生は落胆の表情を浮かべる。

「ここで会ったことを、自分から警察にも言おうと思います。捜査の助けになるかは分かりませんけど」と私は伝えた。

先生に真実を話すべきかもしれない。紗世さんは桜の話に絡めて死を連想させるような言葉を口にしていた。自分には分からなくても、大人が訊けば何かヒントが含まれているかもしれない。でも、どうしても素直に打ち明ける気にはなれなかった。あの時間は紗世さんと私だけの大切な秘密だ。それに、何かが引っかかっていた。ジグソーパズルの中に一つだけ違うピースが混じっているような奇妙な感じ。でも、その違和感の正体が何なのかは分からなかった。

帰り、正門を通り過ぎてから思いなおし引き返した。あの赤い桜のもとに向かう。地面はまだ少しだけぬかるんでいて、買ったばかりの靴が汚れてしまった。でも、そんなことはどうでもいい。八割がた散ってしまった桜はずいぶん貧相に見えた。舞い降りてきた一枚の花びらを受け止める。やはり赤が濃い。しかし、私以外にこの桜に注目してる者は一人もいなかった。これほど赤く映っているのは、もしかしたら自分の目だけなのかもしれない。私は紗世さんの言葉に惑わされすぎているのかもしれない。

この地面の下には本当に死体が埋まっているのだろうか。そうだとすれば、誰の？　掘って、紗世さんの言葉が事実なのか確かめたい。でも、周囲にはシャベルもスコップもない。いや、仮にあったとしても地面を掘り始めたりなどしたら、すぐに先生が止めにくるだろう。これ以上問題行動を起こすわけにはいかない。私は小さくため息をつき、家路についた。

それから数日で桜は完全に散り、五月に入ると緑の葉が一斉に生え始めた。まるで違う樹木に変わってしまったかのようだ。警察の事情聴取はひどくいい加減で、私の情報なんてアテにしていないのがはっきりと伝わってきた。最初から真実を話す気はなかったものの、彼らの態度にひどく落胆した。本気で捜し出す気などないように見えた。

あれ以降、高橋先生はときどき授業の後、さりげなくこちらに視線を送ってくるようになった。「放課後、屋上に来なさい」という、私にしか分からない秘密のメッセージだ。

「まだ何も思い出さないかい？」

屋上で二人きりになると、先生は優しい声でそう訊いてくる。いつものように横並びに立ち、グラウンドを見下ろす。

「はい。すみません。だんだん記憶もおぼろげになってきていて」と謝る。

嘘だった。あのときの会話は一言一句覚えていて、毎日反復しているせいか、日を追うごとに明確にさえなっている。

「まあ、しょうがないか。あれからもう一か月以上経つんだからな。他の先生たちももう忘れてしまったかのように振る舞っている。そんなことで本当にいいのかな？　辛いよ。大切な生徒が一人いなくなってしまったっていうのに」

「今日のネクタイピン、素敵ですね」

私は話題を変えようとそう褒めてみる。今日は鯨のデザインだった。

「ああ、ありがとう。変わっているかもしれないけど、ネクタイピンを集めるのが趣味でね」

知っている。

「興味があるなら、今度うちにコレクションを見に来たらいい。僕のマンションは学校のすぐ近くなんだ」

先生がそう笑い、半歩こちらに体を寄せてきた。

肘が触れ合った瞬間、灼《や》けた鉄串を押し当てられたような熱を感じた。私は飛びのくように離れた。

「どうした？」

高橋先生が不思議そうな表情を浮かべる。

「あ、いや、すみません」

全身が総毛立っている。

「嫌われたのかと思ったよ」と先生が笑う。

「違うんです。……ただ、ちょっと用事を思い出したので、今日は失礼します」

私は小さく頭を下げ、出入り口に向かって駆けだした。

だが、強い力で右腕を掴まれた。

「なんだよ急に。そんな態度はないんじゃないか？」

先生の顔つきが険しくなっている。まるで別人だ。

「放して！」

私は必死に振りほどき、校舎の中へと逃げた。心臓が早鐘を打っている。頭に血が上り、めまいがした。保健室に行くべきだろうか。いや、校内は危険だ。高橋先生から遠く離れないといけない。私は通学かばんを教室に置いたまま、走って家に帰った。

「あいつ、あんまり信用しないほうがいいよ」

腕を掴まれた瞬間、あのとき紗世さんが呟いた言葉が唐突に理解できた。

紗世さんはたしかにそう言った。あいつ、とは高橋先生のことだ。先生からは男子生徒みたいな生臭さは感じないし、ついさきほどまでは親しみさえ感じていた。でも、心のどこかでずっと違和感を覚えていた。その正体が分かった。紗世さんは、高橋先生が危険な人物なのだと教えてくれていたのだ。

翌日以降、登校できなくなってしまった。高橋先生と顔を合わせるのが怖い。こちらの感情はもうばれている。これからは敵視されるだろう。何ごともなかったかのようには過ごせない。

体調不良を理由に三日ほど休み、その夜、両親に相談をした。行方不明になった紗世さんと最後に会った人物という事実が負担になっていること。登校すると彼女のことを思い出し辛くなること。どこか別の中学校に転入したいこと。高橋先生との関係は打ち明けなかった。きっと話しても理解されないだろう。相手は学内で評判の教員だ。

当然、親は渋った。中学生の転入がそんなに簡単でないことは、事前にネットで調べて私も理解している。それでも頑として譲らなかった。今の学校には絶対に通えない、と言い張る。それまで目立った反抗期もないまま育ってきた娘の、初めての主張だ。

話し合いは平行線を辿《たど》ったけれど、十日ほどして親が折れた。このまま不登校が続けば、高校進学にも支障をきたす。中卒の娘なんて恥ずかしくて世間に顔向けできないだろう。

当面は仙台に住む叔母のマンションに住まわせてもらうことになり、転入試験を受け、中高一貫の私立学校に入った。そのままエスカレーター方式で高校に入り、大学も仙台にある国立大学の英文科に進んだ。その間、実家には一回も帰らなかった。地元の成人式にも出なかったし、同窓会の案内も無視した。あちらに戻ったら、ようやく薄れかけている記憶が蘇《よみがえ》りそうで怖かったのだ。

両親は「就職を機に帰ってこい」と何度も迫ってきたけれど、そのつもりはなかった。最終的に叔母の家から通える小さな出版社に勤めることに決めた。就職先の決定には、もしかしたら紗世さんの影響があったかもしれない。あのとき、彼女は「気が向いたら本でも読むといい」と言ってくれた。あの言葉が心の中にまだしっかりと残っていて、引っ越してきてからは読書が趣味になっていたのだ。

社会人三年目を迎える春。私は二十四歳になっていた。

あの日から十年が経過したのだ。心の内側にある、私自身を形成する核の部分は中学二年生のまま止まっているのに、時間だけが一方的に進み、勝手に大人にならされてしまったような感覚だ。あのときは〈自分〉という人間が理解できずに苦しんでいたけれど、それは今もあまり変わっていない。ただ、感情を隠すのが昔よりうまくなっただけだ。

仙台に移って以降、真の意味で友情を育むような友人は一人もできなかった。私が絆を感じることができるのは紗世さんだけだ。それでも、周囲から見ればごく普通の若者に映ってはいただろう。

大学時代に三回ほど男性から告白されたけれど、全て断った。異性にはどうしても気持ち悪さを感じてしまう。自分は同性愛者なのではないか、と悩んだ時期もある。でも、それも違うようだ。女性から生臭さは感じないものの、強く惹かれることもない。同性は、ただ同性というだけだ。

自分は異常なのかもしれない。異性も同性も好きになれず、体だけが成長していく。小さい頃は自分が大人になるなんて想像もできなかった。ずっと同じ体のまま、ずっと同じ感情のまま生きていくのだと信じていた。そんな思いを裏切るように、体は変化し続けていった。


どれだけ月日が過ぎても、毎年桜の季節になると紗世さんのことを思い出した。

偶然目の前に現れ、忽然《こつぜん》と姿を消した紗世さん。行方不明になったと知った瞬間から、すでに彼女が生きていないことは分かっていた。理由はない。ただの直感なので、もしかしたら外れているかもしれない。いや、外れていたらどれだけ嬉しいだろう。それでも確信が揺らいだことは一度もない。

寒緋桜や大南殿《おおなでん》など桜の中には花びらが赤い品種もある。しかし、ソメイヨシノの中に、校庭のものほど赤い桜は存在しなかった。本当にあの樹の下には死体が埋まっているのだろうか。そうだとすれば、いったい誰の死体なのだろう。謎を抱えたまま私は仙台で暮らし続けた。

四月の初め、父が入院したと連絡があった。勤務中に胸の苦しさを訴え、倒れたのだという。ＡＥＤを使い、なんとか一命をとりとめはしたものの、心室細動により一時は心停止の状態であったと母から電話で説明された。

地元に帰りたくなかったけれど、さすがに見舞いに行かないわけにはいかない。二日間の有給休暇をもらい、小雨の降る中、新幹線に乗った。

病院の父はベッドの上で眠っていた。付き添う母によると、心臓の内部にある問題の部分を焼き切るとともに、ペースメーカーを体の中に埋め込む手術が行われたらしい。

点滴や血圧計につながれ、口元には呼吸器が取り付けられた父は、痩せてひどく弱々しく映った。話ができなくてよかったかもしれない。こんな姿の人間を相手に何を喋《しゃべ》ったらいいか想像もつかない。ただ、それ以上に母の老け方に驚いた。白髪が一気に増え、目元には深い皺《しわ》が刻まれている。これではまるでお婆ちゃんだ。

母は病室に泊まり込んでいるらしく、実家には一人で戻った。中学生のときから変わらない自室。布団も一緒で、もしかしたら引っ越したあの日からずっと敷きっぱなしだったのではないかとさえ思えてくる。

コンビニエンスストアで買った夕飯を食べ、シャワーを浴び、早めに寝ることにした。使い慣れたコップやタオルを使うと、懐かしさより息苦しさのほうが先立った。朝一番にここを出て病院に行こう。そして、仙台に帰るのだ。もしかしたら、もう二度と実家には戻ってこないかもしれない。

ベッドに横になっても眠気はまったく訪れなかった。数時間ほど我慢したけれど、目は冴えていくばかりだった。すでに日付は変わっている。なんだか他人の息遣いが感じられて落ちつかない。いや、他人じゃない。ここに存在しているのは「十四歳のときの自分の気配」だ。あの頃の残像がこの部屋にまだ残っている。

堪《たま》らず起き上がり、着替えて外に出た。やはりこの家にはいられない。二十四時間営業しているファミリーレストランが駅前にあったはずだ。あそこで朝まで過ごそう。どうせ母もいないのだから、咎《とが》められる心配もない。

街灯の少ない夜道を歩く。いつのまにか雨はやんでいた。ただ、春とはいえ夜はまだ冷える。両腕に鳥肌が立つ。何か一枚羽織ってくるべきだったのかもしれない。

暗がりの中、二十メートルほど先に人の姿が見えた。

見覚えのある制服。私も着ていたあの中学校のものだ。でも、こんな時間に？　遠くて顔は識別できない。女子生徒はくるりとこちらに背を向け、歩き出した。シトラスの香りがここまで届いた気がした。私はほとんど無意識のうちに彼女の後をついていった。

歩を早めても、不思議と彼女との距離は縮まらなかった。逆に緩めても遠ざからない。まるで彼女の背中に目でもついているかのようだ。明らかに私のことを誘導している。

この道は覚えている。中学生時代、毎日歩いていた通学路だ。

危険だ、と脳がシグナルを発している。いつの間にか駅とは逆方向に向かっていた。今すぐ踵《きびす》を返して、ファミリーレストランへ向かうべきだ。あの生徒は幻覚に違いない。疲れているし、睡眠不足でもある。とても現実の出来事とは思えない。それだけのことが理解できていても、ついていくのを止めることができなかった。

先を進む女子生徒は、正門を通り抜けて姿を消した。小走りに追いかけたけれど、正門は鉄製の頑丈な門扉によって閉じられていた。こんな時間なので当然だ。では、あの生徒はどうやって通り抜けたのだろう。私は自分の背丈ほどある門扉をよじ登り、正門を越えた。

左右を見渡し、彼女の姿を探す。だが、どこにもいない。

そのとき、あの桜が目に入った。並びの一番奥に立つ、血液のように赤く咲く樹だ。満開の桜はあのときと変わらず赤く、妖しく咲いている。異様な美しさに惹かれ、私は磁石のように引き寄せられる。

異変に気がついた。

一本じゃない。

隣の樹も赤い。

紗世さんに教えてもらった樹の横に並ぶ桜も、同じように、いや、それ以上に赤く咲いている。ほとんど深紅といっていいほどだ。十年前は屋上から見て右端の一本だけだった。それが何故か二本になっている。

弾《はじ》かれるように私は駆けだした。

二本目の桜のもとに跪《ひざまず》き、素手で地面を掘り始める。小雨が降ったおかげでいくらか柔らかくなっているとはいえ土は硬い。人差し指の爪が剝げ、指先の皮膚が裂けた。爆《は》ぜるように鮮血がほとばしる。それでも構わず続けた。私は頭がおかしくなってしまったのかもしれない。自分の血が桜の根元に滴り落ちる。二枚目、三枚目の爪が剝げていく。ひどい痛みだが、やめることができない。

いったい何時間くらい掘り続けていたのだろう。闇の濃さが薄れ、夜が明けつつある気配を感じる。私は全身土まみれで、汗みどろだった。手の爪は一枚も残っていない。五十センチほど掘り進んだところで骨を見つけた。人骨だ。服装からして若い女性だろう。

もう分かっている。

これは紗世さんだ。

さらに掘り進めると、上着とスカートの間から何かが出てきた。拾い上げると、それは見覚えのある物だった。アルファベットがあしらわれたネクタイピン。その瞬間、全てを悟った。私はその場にへたり込む。涙が一粒、二粒。そして、止まらなくなった。

紗世さん。紗世さん。こんなに遅くなってごめんなさい。彼女はずっと待っていたのだ。ここまで誘導してくれた女子生徒は紗世さんだった。彼女の時間は中学三年生のまま止まっていた。私のせいだ。彼女の骨を抱きしめ、泣き叫ぶ。

「君、何をしているんだ！」

背後から鋭い声が飛んできた。朝一番にやってきた教員か職員だろう。でも、振り返る気力はもう残っていなかった。


翌日からは大騒ぎだった。

私は病院に搬送され治療を受けた後、半ば強制的に警察署に連れていかれた。自分はもう何もかも分かっている。事後のことなんかに興味はない。一刻も早く仙台に戻りたかったけれど、それは許されなかった。現実社会はそんなに単純にはできていないらしい。

「何の目的で夜中の中学校に入ったんですか？」、「どうしてあそこに死体があることが分かったんですか？」と警察は繰り返し質問してきた。幻影に導かれて桜の根元を掘ったのだ、と正直に説明したけれど、最後まで理解はしてもらえなかった。

別の中学校に転任していた高橋先生が容疑者として事情聴取されることとなった。警察は慎重に話を訊く方針だったが、先生は意外なほどあっさりと犯行を自供した。別れ話のもつれだったそうだ。

テレビニュースで見た高橋先生はずいぶん老けていて、以前の潑溂《はつらつ》さは感じられなかった。それはそうだ。あれから十年経っているのだ。

彼の供述により、隣の桜からも死体が見つかった。紗世さんの四か月前に行方不明になった女子生徒の骨だった。高橋先生は、その女子生徒とも交際していたけれど、口論になり、発作的に首を絞めて殺《あや》めてしまったのだという。先生が住んでいたマンションは、学校のすぐ近くだ。死体を隠蔽するため、夜中に学校に侵入し、シャベルで穴を掘って生徒を埋めた。口論の発端は、先生が別の生徒に手を出していたことがばれたことだった。それが紗世さんだ。交際当初、紗世さんは二股のことは知らされていなかった。交際が始まると、スクールバッグに私服を詰めて、放課後に先生のマンションに通う日々が始まった。

しかし、あの日の紗世さんは、唐突に行方不明の女子生徒の話をし始めたのだという。先生の部屋にあがり、あの生徒とも交際していたことや殺したことを激しく詰《なじ》ってきた。先生は当然誰にも話していないし、警察の捜査も停滞している。交際のことは誰も知らないはずだった。それにもかかわらず紗世さんは真実を見抜いていた。殺人がばれたら人生の終わりだ。彼女が背を向けた隙に襲いかかり、一人目と同じように喉を絞めて殺害した。

もしかしたら、紗世さんは自分が殺される可能性を分かっていたのかもしれない。室内で、先生がよそ見をしているうちにネクタイピンを盗み取り、口に含んで呑《の》み込んだのだ。あんな金属の塊を呑み込むなど、よほどの覚悟がないとできない行為だ。それでも、誰かに、いや、私に犯人を伝えるため行ったのだ。

死体を隠したいのであれば、自分が勤める学校ではなく、山奥などのほうがよほど安全だろう。あえて勤務先に埋めたのは、目の届くところでないと安心できなかったのかもしれないし、彼は生粋の異常者で殺してもなお身近に置いておきたかったのかもしれない。彼の心情までは報道されないので、本当のところは分からない。

あの日、屋上に先生が現れたのは偶然ではなかったのだろう。きっと二人で密《ひそ》かに会う約束だったのだ。そこに、予想外の人物が、私がいたから彼は狼狽《ろうばい》したのだ。

紗世さんが屋上から校舎に戻ろうとしたときに呟いた「高橋先生を信用するな」という言葉、あれは先生が殺人犯であることを仄めかしていたのだと思う。同時に、私が次の標的になる可能性まで予測していたのかもしれない。

仙台に戻ってからもしばらくは抜け殻のような状態から回復できなかった。仕事をしていても、マンションで叔母と話していても、心のどこかでは自問自答が続いていた。

本当にあれでよかったのだろうか。紗世さんは「お墓になんか入りたくない」と語っていた。私が骨を掘り出してしまったことで、きっと彼女の両親は正式に埋葬し直すだろう。あのまま樹の下で眠ってもらっていたほうがよかったのかもしれない。でも、あの夜、紗世さんはたしかに私を導いた。あれは自分を見つけてほしいというメッセージだったのだ。正しい行いだったと感じた直後、余計な行動だった、とすぐさま感情が反転する。何日も、何か月もその繰り返しだった。きっと答えは永遠に出ないのだろう。

もう全て終わったのだ。忘れよう。どれだけそう決心しても、彼女は私の心から去ってくれなかった。春が訪れるのが恐ろしい。日本のどこにいても桜から逃れることはできないだろう。

紗世さんが語ったあの言葉は、呪いのようにまだ耳にこびりついている。

「桜の樹の下には死体が埋まっている」

明良悠生

ネルラの復讐

第4話
カムノ
Feat. 宮沢賢治『銀河鉄道の夜』

ぴぃぃ――、と、暗闇を裂くような笛の音が響いた。電車が近づいてくる。目玉みたいな眩しいライトが迫る。陸の孤島のようにぽつりと浮かんだホームに走り込んできた電車は、夜空に浮かぶ月みたいにぴかぴかと光っていた。ぷしゅう――、と空気が抜けるような音がして、目の前でドアが開いた。車内はオレンジ色の暖かい光に照らされていて、俺は吸い込まれるみたいに、電車に乗り込んだ。

「ご乗車ありがとうございます。当列車は、銀河環状線ブルーラインです。次は、三瀬《みつせ》、三瀬に停車いたします。電車が動きます。揺れますので、ご注意ください」

がたんと車体を大きく揺らして、電車が走り出した。よろけて咄嗟《とっさ》に腰を下ろした座席は柔らかくて、青いベロアの生地が、さらさらと手のひらを撫《な》でた。揺れたのは最初だけで、電車はすぐに規則的な振動を刻み始めた。

がたたん、ごととん、ごう――。

静かな車内に、それだけが響いている。客はそれなりにいるのに、誰もいないみたいに静かだ。どこか煤《すす》けた白い壁には、広告一つ貼られていない。ＣＭが流れる液晶画面も、吊り下げ広告も見当たらない。オレンジ色の吊り革がゆらゆら揺れて、銀色の手すりがぴかぴかと光っている。

この電車、なんだろう。いつも乗っている地下鉄とも各停とも違う、見慣れない電車だ。そもそも、どうして俺は電車なんかに乗っているんだろう。確かに大学に行くのにいつも乗るし、今日も乗ったけれど、さっき降りたばかりだ。大学での授業を終えて、サークルの部室で時間を潰した後、飯を食って電車に乗った。学校の近くの駅から地下鉄に乗って、在来線に乗り換えて三十分、家の最寄り駅で降りて、家に向かって歩いていた。こんな電車に乗った記憶なんかない。頭にぼんやり霞《かすみ》がかかったようで、前後の行動をうまく思い出せない。深酒して、起きているのか寝ているのか分からないまま電車に乗ったときみたいだ。ここのところ、飲み会なんかすっかりなくなってしまったけれど。

あれ？　俺は咄嗟に口を覆った。湿った息が手のひらをくすぐる。俺、マスクしてない。家から出るときは外さない、不織布マスクがどこにもない。気づくと、俺だけじゃなく、電車に乗っている客もみんなマスクをしていなかった。客が全員座っても、余裕があるくらいに空いた車内だけど、だからって、誰もマスクをしていないなんてあり得ない。少し前には普通だった景色なのに、なんだかひどく気持ち悪かった。

「切符を拝見します」

突然聞こえた声に、心臓が飛び跳ねた。青い帽子を被《かぶ》った男が、目の前に立っていた。紺色の制服に身を包んだ男は、同い年くらいの若者にも、五十歳くらいの中年にも見える無表情さで、もう一度「切符を拝見」と言った。車掌だ。こいつも、マスクをしていなかった。

「えっ、切符？」

俺は慌ててズボンのポケットを探った。だけど、切符なんかなかった。当たり前だ。買った覚えもないし、そもそも今どき切符なんか買わない。普段は、スマートフォンのモバイル定期券を使っているし——。

あれ、俺、スマホ持ってない。

気づくと、スマートフォンどころか、俺はなにも持っていなかった。ズボンの尻ポケットか、羽織ったジャケットのポケットに入れているはずの財布も、いつも背負っているリュックも見当たらない。嘘だろ、やべえ。スマートフォンと財布なんて、全財産と個人情報の塊なのに。

とん、と、不意に車掌が俺の胸を指で突いた。そこには小さな胸ポケットがあって、くしゃりとなにかが音を立てた。呆気《あっけ》に取られながらそれを引っ張り出してみると、古い本の切れ端みたいな色をした、小さな紙が入っていた。手のひらに収まるくらいの紙は指先では折れないくらいに分厚くて、両面になにかが書いてあった。車掌はそれを俺の手から取り上げると、変な形のハサミを当てた。ぱちん、と、爪を切るみたいな音が響いた。

「まだ先ですね」

切符の端に、去勢済みの野良猫の耳みたいな三角の切れ込みが入った。車掌に返された切符には、黒いインクで「降車駅：深江《ふかえ》」と印刷されていた。深江という駅で、降りるということだろうか。裏返してみると、変なマークが大きく印刷されていた。数字の八を倒したような、輪ゴムが真ん中でねじれたような、これ、∞——無限だ。ねじれてつながる輪の周りに細かい線がたくさん引かれて、まるで棘《とげ》だらけの蔓《つる》だ。あ、これ、路線図か。無限のマークの線の上にたくさんの点が書き込まれていて、その一つ一つに、駅名が添えられている。字が細かすぎて、棘みたいに見えただけだ。無限の形の環状線に、数えきれないほどの駅。この電車は、この路線をぐるぐると回っているらしい。俺は切符を睨《にら》んだ。深江、深江って、どこだ？

「あのっ！」

突然、声が響いた。斜め前に座っていた、くたびれた会社員を絵に描いたような男が、急に立ち上がった。俺の父親くらいの年だろうか。小太りで、額に汗を滲《にじ》ませていた。俺の前から離れようとしていた車掌が、足を止めた。

「この電車が、死者が乗る電車だというのは、本当ですか」

男の声は震えていた。スーツのポケットから、俺が持っているのと同じような切符を取り出して、

「この駅で降りると死ぬって、本当なんですか」

裏返った悲鳴みたいな声に、車掌は顔色一つ変えずに頷《うなず》いた。

「あなたは、次の駅です」

きいい――、と、金属が擦れる音が響いた。電車がじわじわとスピードを落とす。

「まもなく、三瀬、三瀬に到着します。お降りの方は、お忘れ物、落とし物ないよう、ご準

備ください」

機械的な声で、アナウンスが響いた。

「嫌だァ！！！」

耳が痺《しび》れるくらいの大声を上げて、男は車掌を突き飛ばして逃げ出した。車掌は崩れた体勢を一瞬で立て直して男の腕を摑《つか》んだ。男は呆気なく転び、死にかけの蟬《せみ》みたいに床にひっくり返った。ドアが開くと、車掌は「失礼します」と、男の襟首を摑んで持ち上げた。男は風船みたいに軽々と、ドアの外に放り投げられた。

「ご乗車、ありがとうございました」

「嫌だ、死にたくない！」

地面に這《は》いつくばる男の目の前で、ドアが閉まった。車掌は何事もなかったように隣の車両に去り、電車は淡々と走り出す。

がたたん、ごととん、ごう――。

心臓がばくばく鳴っていた。今の、なんだ？　死者を運ぶ電車だとか、降りたら死ぬとか、訳の分からないことを喚《わめ》いていた。酔っ払いか、おかしい人か。薄く笑いながらも、俺は両手を握りしめた。指先が、びっくりするほど冷たかった。

「――常田《つねだ》くん？」

不意に呼ばれた自分の名前に、俺は飛び跳ねるみたいに立ち上がった。そこにいたのは、知らない子供だった。中学生になりたてくらいの学ランのチビが、丸い頬をぱっと赤くした。

俺は思わず、「誰」と吐き捨てた。

「お前、俺のこと知ってんの？」

そいつは長い前髪の向こうで目をぱちくりさせて、咳を抑えるみたいに口に手を当てた。

「僕は、金村《かなむら》――」

そう言われても、心当たりはなかった。俺が首を傾《かし》げると、金村と名乗ったチビは、更に顔を赤くした。こんなに年下の知り合いはいないはずだ。どこかで会ったか？　だけど、そんなことを考えている余裕はなかった。本当は車掌に聞きたかったけれど、仕方ない、こいつでいいや。

「この電車って、なに？」

金村は目を泳がせっぱなしだった。頬は熱でもあるみたいに真っ赤で、暑くもないのに汗をかいている。顔を隠すみたいに長い前髪のせいで、頬の赤さが余計に目立った。百五十センチないくらいの身長のわりにひょろりと長い手足が、まるで、水槽の隅にいる透明なエビみたいだった。

俺は「変なこと言うけど」と前置きして、

「知らないうちに乗ってたんだけどさ、この電車、なんなの？」

と、言った。本当に、変なことを言っている。なんだか嫌になってきて、俺は返事を待たずに席に腰を下ろした。柔らかい椅子に体重を預けて、ゆっくり息を吐く。立ったままでいる金村に、「座れば」と声をかけると、金村は長い戸惑いの末に座った。

「この電車は、魂を運ぶ、電車なんだって」

ひどく長い沈黙の後、金村はようやく言った。声変わり前の掠《かす》れた声に、俺は思わず「は？」と顔を上げた。金村は、これ以上ないくらいに赤くした顔を隠すように俯《うつむ》いた。

「現世から離れた魂が、この電車に乗って、死まで運ばれていくんだ。それで、切符に書かれた駅で降りると、死ぬ――」

ぼそぼそと聞き取りにくい声だったけれど、「死ぬ」だけははっきり聞こえた。

「じゃあ、俺、死んだってこと？」

俺は笑って言った。だけど、喉の奥が引き攣《つ》って震えた。電車から放り出された男の声が、耳の奥で響いていた。嫌だ、死にたくない、と。

「現世から、死の世界に、運ばれてる途中で――」

「つまり、どういうこと？」

金村が「死にかけで――」と言うのと、少し離れた席から「ふふ」という笑い声が聞こえたのは、ほとんど同時だった。たぶん乗客の、革ジャンを着た若い男が、柔らかい笑顔で近づいてくる。

「確かに、意味分かんないよな。死後の世界が、電車だなんてさ」

男は俺と金村の間に立って、吊り革を握った。少し屈《かが》んで、笑顔で俺を覗《のぞ》き込む。バイク乗りだろうか、ゴツい革ジャンと、揃いの革のパンツだ。俺より少し年上の、二十代後半か三十代前半くらい。かっけえ、なんて、普段なら呟《つぶや》いていただろう。

「そいつの言うとおり、死にそうになったやつは、この電車に乗るんだ。乗る駅も、降りる駅も人それぞれだけど、切符に書かれた駅で降りると、死ぬ。三途《さんず》の川の渡し船に乗ったみたいなもんだと思えばいいよ」

革ジャンの男は肩をすくめて、

「俺も、君も、この電車に乗ってるやつはみんな、死にかけ」

おどけるみたいに言うと、男は「切符持ってる？」と首を傾げた。俺の差し出した切符をまじまじと見ると、男は、

「深江ならまだ遠いから、もしかしたら、生き返れるかもな」

「生き返れるの⁉」

思わず大きな声を出した俺に、男はにこりと笑った。

「乗った駅から、降りる駅までの遠さは、そのまま、そいつの死までの距離なんだよ。即死のやつは次の駅、まだ死なないやつは遠い駅、ってな」

金村の百倍は聞きやすい声に、俺は身を乗り出して聞き入った。

「路線図見ろよ。今はここ、深江は――、ここだ」

切符の裏面の路線図を指でなぞり、男は言った。俺が見つけられなかった駅をひどく容易《たやす》く見つけ出す。深江は∞の、ちょうどねじれた位置にあった。

「なんで、そんなこと知ってんの」

「俺、前にも乗ったことがあってさ。目的地がすごく遠くて、ぼーっと座ってたら車掌が来て、次で降りてくださいって言われてさ。降りたら目が覚めて、病院のベッドにいたんだ」

「電車を降りれば、生き返れるってこと？」

男は頷いて、

「一回心臓が止まったけど、奇跡的に助かったんだ」

心臓が弾んで、切符を持った手が暖かくなってくる。途中で降りれば、生き返れるのか。

「じゃあ、俺も、次で降りる」

俺の声は弾んでいた。だけど、男はふっと眉を下げて、困ったような笑顔を浮かべた。

「ああ、ごめん、そうじゃないんだ。それじゃだめなんだよ。あくまでも、車掌に呼ばれて、じゃないとさ」

そう言うと、男は振り向かないまま、自分の背後を指差した。向こうのドアのそばの手すりに頼って、女が一人立っていた。スカートとヒールのある靴を履いた若い女で、抱えた白いバッグに、顔を埋めるように俯いている。茶色く染めた長い髪が、ぐしゃぐしゃに乱れていた。

「まもなく、白池《しらいけ》、白池に到着します。お降りの方は、お忘れ物、落とし物ないよう、ご準備ください」

電車がスピードを落とし、緩やかに重力がかかる。金属が擦れる音を響かせながら、電車が止まった。女は、バッグをぎゅうと抱きしめた。そして、ドアが開いた瞬間、がつんと床を蹴った。ヒールが折れそうに軋《きし》む。女は、まるで逃げ出すみたいに電車を降りた。目的の駅に着いたのかと、俺はその背中を見送った。何事もなくドアは閉まり、電車が走り出す。

「ほら」

男が言った。俺は電車の揺れに気を取られて逸《そ》らした目を、閉まったドアの方に戻した。

「あれ？」

俺は思わず呟いた。さっきの女が、さっきと同じように、ドアのそばに立っていた。スカートと、ヒールの靴に白いバッグ。間違いなく同じ人だ。女は、驚いたみたいに瞬《また》いた。ぽかんとした顔のまま目だけを動かして車内を眺めると、がっくりと肩を落として俯いた。

「さっきから、ああやって、何度も勝手に降りてる。そのたびに、戻されてるんだ」

男は、声を潜めて言った。バッグを抱きしめた女の肩が震え、静かな車内に、啜《すす》り泣く声が響いた。嫌だ、嫌だ、嫌だと繰り返すか細い声が、電車の音と重なって聞こえてくる。

がたたん、ごととん、ごう――。

「次は、有橋《ありはし》、有橋に到着します」

女はふらりと揺れた。そして、ずるりずるりと足を引きずり、ドアの前に立つ。開いたドアの向こうで、誰かに引っ張られでもしたみたいに、女は電車を降りていった。ドアが閉まり、電車が走り出す。女は、もう戻ってこなかった。

「あくまでも、車掌に呼ばれて、降りないとさ」

男は肩をすくめて言うと、目を細めて、俺の背後を見た。そこには大きな窓があって、外は暗闇だ。俺はぐるぐると混乱していた。銀河環状線ブルーライン、死者を運ぶ電車。∞の路線をぐるぐると走り続けて、死にかけた人間を乗せ、降ろして死なせる。降りることを拒否しても、車掌に無理やり降ろされる。途中下車すれば生き返るけど、勝手に降りても意味がない。あくまでも、車掌に呼ばれて降りないと――。車掌、車掌って、まるで死神かなにかみたいだ。

「さてと」

男が呟いて、革ジャンのポケットに手を突っ込んだ。切符を取り出し、目を細める。

「そろそろだな」

「まもなく、一宮《いちみや》に到着します」

男が寂しげな笑顔を浮かべたのと、アナウンスが入ったのは同時だった。男は天井を見上げて、じっくりとそれを聞いた。

「じゃあな」

ひどくあっさりと踵《きびす》を返して、男はドアに向かう。その背中に、俺は息をのんだ。革ジャンが、溶けているみたいに焼け爛《ただ》れていた。オーブンで焼かれたチーズみたいに、表面がぶくぶくと波打っている。手にしたフルフェイスのヘルメットには深い傷が走り、今にも割れてしまいそうだった。開いたドアの向こうは完全な暗闇で、駅ビルや繁華街の灯りどころか、自販機や街灯すら見当たらない。ぼろぼろの革ジャンが、闇に吸い込まれていく。

「待って、俺も！」

俺は席を立った。死者を運ぶ電車だなんて、信じたわけではない。降りても戻されるとか、車掌に呼ばれないと意味がないとか、そんなことはどうでもいい。こんなところに、もう、一分一秒もいたくなかった。「まもなくドアが閉まります」のアナウンスに捕まらないように、俺は床を蹴った。

だけど。

「あっ」

乗ってきた乗客に、出会い頭にぶつかる。よろけた俺の目の前でドアが閉まった。

「す、すいません……」

乗ってきたのは、中年の女だった。小さな目をきょろきょろと動かしながら、だけど俺を一度も見ずに謝ると、そばの座席に座った。俺は舌打ちを我慢して、返事もせずに席に戻った。呆然《ぼうぜん》と俺を見る金村を少し睨んで、吐き捨てる。

「次で降りる」

金村は返事をしなかった。俺は組んだ膝に頬杖をついて、唇の端を噛んだまま、見るともなく女を見ていた。

女は、服装や顔立ちは俺の母親より少し若いくらいだけど、肌は萎《しぼ》んだ風船みたいだった。ひどくやつれて、疲れ切って見える。病死とか、過労死とか、そういう雰囲気だ。電車の揺れに身を任せて、小さく揺れる女を眺めていると、ふと、隣の車両から小さな女の子がやってきた。まだ保育園って感じの子供が、ぴょんと飛び跳ねるみたいにして、女の隣に座った。顔がそっくりだ、親子かな。二人で一緒に死んだのかもしれない。交通事故とか、家が火事とか、心中とか。不謹慎なことを考えていると、また女の子がやってくる。短いスカートにスパッツと、蛍光色のラインが入ったスニーカーの、小学校に入ったばかりくらいの女の子。この子も似てるな、三人家族か。また来る。今度は中学生くらいで、この子も似ている。今度は高校生っぽい制服を着た子が来た。待て、なんだかどんどん来るぞ。顔のよく似た女の子が、次から次へとやってくる。気づくと、最初の五歳くらいの子から、二十歳を過ぎたくらいの人まで、十人が集まっていた。全員、そっくり同じ顔だ。親子とか姉妹とかそんなレベルじゃなくて、一人の人間が年を取っていくのを、一年ごとに撮影した写真みたいだった。

「こいつら、そっくりすぎない？」

くらくらする頭をさすりながら言うと、金村は小さく答えた。

「同じ人だと思う」

俺が「はあ？」と言った直後、車掌が「切符を拝見します」と現れた。電車に乗ってきた中年女は、カーディガンのポケットから切符を出す。それを切ると、車掌は集まった女たちには目もくれずに去った。

「この電車には、死にそうな人だけじゃなくて、生きている人の魂の一部が、乗ってくることもあるんだ」

金村は、一つ咳払いをした。そして、いちいち辞書で言葉を探すみたいに、ゆっくりと喋《しゃべ》った。

「ものすごく傷ついたり、自殺しようとしたりすると、魂の一部が、現世から、逃げ出してくるんだって。そういう魂は、切符を持てないから、ずっと、電車に乗ったまま、自分が死ぬのを待ってる――」

少しは俺に慣れたのか、金村の声は、さっきよりは聞きやすかった。だけど、やっぱりもごもごしている。俺が聞き返すたびに、金村は肩を震わせて、顔をどんどん赤くした。

「この人は、たぶん、小さい頃から何度もひどい目に遭って、魂が、何度も電車に乗ったんじゃないかな。それで、今度は本当に死んだから、みんなで、一緒に――」

必死に話す金村に、俺は「なんだそれ」としか返せなかった。そんなこと、あるか？　頭がごちゃごちゃになって、俺は天井を見上げた。白い天井は、壁と同じに黄ばんでいた。

「じゃあさぁ」

俺は天井を仰いだまま言った。

「俺も、死んだとは限らないよな。めちゃくちゃ傷ついた、魂の一部かもしれないじゃん」

「常田くんは、切符を持ってる――」

淡々と答える金村に返す言葉がなくて、俺は舌打ちをした。結局、俺は死んだ――厳密に言えば、死にかけている――ということに、疑いの余地はないらしい。俺はがしがしと頭を掻《か》いた。混乱が、苛立《いらだ》ちに変わっていた。

死にかけると魂が電車に乗って、降りると死ぬ？　そんなの聞いたことがない。天国とか地獄とか、三途の川とかなら分かるけど、どうして電車なんだよ。こんなのが現実であるわけないし、夢だとも思えない。こんな厨二病全開のラノベ設定、俺が思いつくわけがない。たちの悪い、冗談だとしか思えない。

そうか、冗談なんだ。

「分かった、これ、ドッキリだな？」

俺の声は、開幕を告げるベルみたいに、静かな電車に響いた。

「テレビ？　ネット配信？　客も車掌も、みんなエキストラなんだろ？　じゃなかったら、こんなにそっくりな人間が、集まるわけないもんな」

俺に指差された十人の女は、同じ顔でぽかんと口を開けた。俺は立ち上がって、座席に座ったままの金村の肩を摑んだ。そして、正面から睨みつけた。学ランの下の金村の肩は、ひどく小さかった。

「お前も子役だろ？　見たことないけど、売れてたらこんな仕事しないもんな」

金村は、焦ったみたいに目を逸らした。図星を突かれて、戸惑っている顔だ。

「よくできてるし、手も込んでるけどさぁ、死ぬとかはだめだろ。絶対に炎上するから、やめた方がいいよ」

どこからも返事はなかった。

「で、カメラどこ？」

誰も答えない。俺はため息をついて、車内を見回した。俺がカメラを見つけてやろう。そうなれば、仕掛け人なりなんなりが、止めにくるに違いない。だけど、車内に怪しいものはなかった。網棚は空だし、座席の下に隙間もない。こうなると、車内に広告がないのが、逆に怪しくなってくる。やましいところはないよと、アピールしているみたいだ。外かもしれない、と、俺は座席に膝で上った。錆《さ》びた銀色の枠の大きな窓は、両端にある洗濯バサミみたいなストッパーを強く押して、解除しながら持ち上げるという、古臭い仕組みだった。両手を同時に、同じくらいの力で持ち上げないと、引っかかって動かなくなる。ぎいぎいうるさい窓を、俺は悪態をつきながら、なんとか開いた。吹き込んでくる冷たい風に、立ち向かうように体を乗り出す。

そして、ぽかんと、口を開いた。

電車は空を飛んでいた。目を擦《こす》って何度も瞬《まばた》きをしたけれど、目の前の景色は変わらなかった。満天の星空と、宙に浮かぶ線路。その上を、銀色の電車が走っている。前も後ろも、上も下も、黒い布にダイヤモンドの粒をぶちまけたみたいな星空が広がっていた。言葉を失った俺の頬を、冷たい風がなぶる。

「なんだ、これ」

やっと出た声は震えていた。CGかもしれないとか、テーマパークにある室内型のジェットコースターかもしれないとか、いろいろなことが頭をよぎった。だけど、どこからどう見ても、本物の星空だ。呆然としたまま、俺は窓の外に手を伸ばした。だけど、冷たい夜の空気以外、なににも触れなかった。

「窓から手や顔を出したり、身を乗り出すのは、おやめください。落下など、思わぬ事故につながる可能性があり、危険です。予想外の事態に陥った場合、当鉄道は、責任を負いません」

嫌味ったらしいアナウンスが流れた。俺は、がくりと座席に座り込んだ。青い布が、さらさらと手のひらを撫でた。

「俺、本当に死んだ？」

金村は答えなかった。頷いたかもしれないけれど、そっちを見る気力もなかった。俺は呆然と自分の手を見る。切符以外、なにも持っていない。普段はスマートフォンを握って、友人のＳＮＳにいいねなんかしながら音楽を聴いているのに、聞こえてくるのは電車が線路を走る音だけだ。

がたたん、ごととん、ごう――。

どうして、俺は、こんなところにいるんだろう。

「俺、死んだ覚えなんか、全然ねぇんだけどなぁ――」

ぼやくみたいに言ったけど、声は震えていた。

さっきの革ジャンはバイク事故、向こうの老人は老衰か病死だろう。途中下車を繰り返していた女は不慮の事故で、向かいの女はよく分からないけど、心労とか過労とか、そういう感じ。だけど、俺にはまるで身に覚えがなかった。俺は極めて健康な大学生で、病院なんか縁がない。たまに飲み会で飲みすぎることはあるけど、急性アルコール中毒になるほど馬鹿じゃないし、最近は飲み会自体がほとんどない。コロナに罹《かか》った覚えもない。可能性があるとしたら、事故か。だけど、そんな覚えもない。家に帰る途中だった。電車を降りて、家に向かって歩いていた。覚えているのはそこまでだ。思い出そうとすると頭が痛む。

金村は黙ったまま、電車の揺れに身を任せていた。その落ち着きように、腹が立ってくる。

「お前は、なんで死んだの」

思ったよりも、刺々《とげとげ》しい声が出た。金村はびくりと肩を震わせて、「あ、あの」と吃《ども》った。

「僕は、自殺――」

掠れた声をかき消すみたいに、俺は大袈裟にため息をついた。ついこの間まで小学生だったようなガキが、自殺か。世も末だ。

「なんで？」

俺の嚙み付くみたいな声に、金村は口元を隠すみたいに手を添えて、「いじめられて――」と答えた。ふうん、まあ、こいつをいじめたくなる気持ちは分かる。陰気で、うじうじしていて、見ているだけで腹が立ってくる。

「どんないじめ？」

少しだけ声を和らげて聞いてみる。死にたくなるほどのいじめがどういうものなのか、少しだけ興味があった。いや、噓だ。興味なんかない。鬱憤晴らしに絡んでいるだけだ。中学生に絡むなんて情けないけど、そうせずにはいられなかった。金村は顔を真っ赤にして、

「僕、顔が、すぐに赤くなるから、それで、からかわれて――」

ふん、と、俺は思わず鼻で笑った。くだらない理由だ。金村は、「変なあだ名とか、落書きとか――」と続けた。だけど、感想は同じだ。今時の中学生は、そんなことで死んじゃうんだ。

「一回くらい、やり返したの？」

金村は、驚いたみたいに瞬きをした。

「死ぬくらいなら、一発ぶん殴ればよかったじゃん。やったやつは、悪いことしたなんて思ってないんだよ。お前が自殺したって、全然、気にもしてないよ」

言いながら、俺はぶんと宙を殴った。金村はぽかんと口を開けて、「そんなの、考えたこともなかった」と言った。

「本気でやり返して、こっちがどれだけムカついてるか、分からせてやりゃあよかっただろ。やられっぱなしで死んじゃうなんて、馬鹿みたいだよ」

しゅっ、しゅっと、拳で空を切る。空気が冷たくて、そういえば窓を開けたままだと思い出す。でも、閉める気にもならなかった。

「そっか、やり返す、やり返す――」

金村は俯いて、ぶつぶつと呟いていた。俺は握ったままの拳を膝に置いて、ため息をついた。手の中で、切符がくしゃくしゃになっていた。もう嫌だ。こんなところにいたくない。俺は死にたくないのに、どうして、自殺なんかしたやつの隣に座っているんだろう。やっぱり、次の駅で降りよう。戻されるとか、車掌がどうとか、関係ない。

ふと、金村が立ち上がった。そして、ぐいと俺を振り返る。

「じゃあ、やってみるよ」

なにを、と、聞く暇もなかった。金村はひょろっとした腕からは想像もできないような力で俺の腕を摑むと、靴のまま座席に上がった。中学校の指定らしい白いスニーカーは、土砂降りの中を歩いてきたみたいに泥まみれだった。

「えっ、おい、なにを」

するつもりだ、なんて、言わせてもらえなかった。金村は銀色の窓枠に足をかけ、俺の腕を摑んだまま飛び降りた。俺は窓の外に引きずり出されて、満天の星空に落ちた。


気づくと、俺は教室にいた。緑がかった黒板には初夏の日付が書かれ、白い壁には、学級目標や掃除分担表が貼られている。高校の教室、いや、中学校だ。真新しい学ランとセーラー服を着た生徒たちが、賑《にぎ》やかに喋っている。みんな背が低くて、ひどく子供っぽい。ぴいぴいと、まるで小鳥みたいだ。どことなく霞んだ景色に、俺は目を擦った。休み時間なのか教室はうるさくて、だけど、俺は一人で席にいた。

不意に、目の前になにかが振り下ろされた。びゅんと風を切る音と一緒に、鼻先をなにかが掠める。それを追うように、ぱあんと、破裂するみたいな音が響いた。咄嗟に閉じた目を恐る恐る開くと、そこには、一冊のノートがあった。なんだノートかと安心したのも束《つか》の間、俺はぎょっと目を剝《む》いた。どこにでもある、大学ノート。その青い表紙が、真っ黒に汚れていた。いや、違う。黒いマジックで、びっしりとなにかが書き込まれていた。

「お前のノート、名前書いてなかったから、俺が書いといてやったよ」

机を挟んで正面に、学ランを着た男子が立っていた。クラスメイトだろう。そいつは、指先でとんとんとノートを叩いた。そこには、ひときわ大きく太い字で「カニ村」と書いてあった。これ、名前か？　それに、周りの絵はなんだろう。ゆるい四角形からちょんちょんと生えた、二本の触覚のような目。両端に数本の脚が伸びていて、その中の二本は先がハサミになっている。カニだ。全部、こいつが書いたのか？　俺の——どうやら俺のものらしい——ノートに？　なんだよ、これ。そう声を出す寸前に、机にも同じ落書きがあることに気づいた。たぶん、同じやつが同じペンで書いたんだろう。ノートに書かれたものとそっくりなカニが、数えられないくらい、机にぎゅうぎゅうとひしめいている。俺が言葉を失っている間に、クラスメイトは席に戻った。

俺は頭を抱えた。どうして俺は、学校なんかにいるんだろう。金村が、電車の窓から飛び降りるのに巻き込まれて、それで？　アナウンスで、予想外の事態に陥っても責任は取らないとか言っていたけれど、これは予想外すぎる。電車から落ちて、俺はどこに連れてこられたんだ。それとも、電車も、この学校も、壮大な夢の続きなのか？

こつん、と、小さな衝撃が俺の思考を遮った。いつの間にか教室は静かになっていて、授業が始まっていた。先生が教壇に立ち、クラスメイトは全員席についていた。

今の、なんだ？　首筋に手を回すと、学ランの襟元に、消しゴムのかけらが入っていた。親指の先くらいの大きさで、わざと引きちぎったみたいに歪《いびつ》な形をしている。なんだ、これ。首を捻《ひね》っている間に、もう一度、同じ衝撃が走る。こつん。また消しゴムだ。先生が黒板に字を書こうと背を向けるたびに、こつん、こつんと飛んでくる。一つ、二つ、三つ。先生の目を盗んで振り向き、犯人を探しても、クラスメイトは全員何食わぬ顔をしている。誰だ？　十、十一、十二、十三。戸惑っているうちに、襟元は消しゴムのかけらで溢《あふ》れた。二十九、三十、三十一。だめだ。もう我慢できない。授業中だろうと関係ない、と俺は立ち上がった。そして、「誰だ、こんなくだらないことをするやつは」と言った。いや、言おうとした。「だ」の形に開いた口になにかが飛び込んで、喉に転がり落ちてくる。ひゅっと息が詰まって、俺は激しく咳《せ》き込んだ。よろけた俺の体から、ばらばらと、消しゴムのかけらが落ちる。教室は沸き立つような笑いに包まれて、先生が「おおい、どうした？」と、とぼけた声を上げた。

涙が滲んだ目を拭った次の瞬間、目の前の景色が変わった。俺は、いつの間にか教室を出て、廊下を歩いていた。混乱しつつも、体は淡々と前に進んでいく。理科の教科書を抱えているから、理科室に行くところだろう。クラスメイトらしいやつらも同じ方向に歩いていて、わいわいと、ひどくうるさい。特に馬鹿騒ぎをしているグループに追い越されたとき、どんと、誰かが俺にぶつかった。

「おっと、ごめーん」

まるで真剣みのない謝罪に、わざとだろうと嚙み付く余裕もなかった。クラスメイトのはずなのにそいつは俺より遥《はる》かに大きくて、俺は車に轢《ひ》かれた紙屑みたいにすっ飛んで転んだ。思わず叫んだ声はひどく掠れていて、ぶつかっておいて振り向きもしないやつの笑い声にかき消されていた。抱えていた教科書も、ノートも、クリアファイルに詰まったプリントも全部、腕から飛び出して廊下に散らばった。俺は慌てて廊下に這いつくばり、ひらひらと舞うプリントをかき集めた。たくさんの人がそばを通り抜けていくのに、誰一人手伝ってくれない。それどころか、一人がぷっと吹き出して、

「カニが、餌食べてるみたいじゃない？」

と、言った。言葉の意味を理解する前に、かっと顔が熱くなる。首を絞められたみたいに息ができなくなって、汗がどっと噴き出した。指が震えて、プリントをうまく摑めない。誰かに踏まれて足跡がついたプリントの名前欄に書かれた文字に目が止まり、俺は息を飲んだ。

「金村弘大」

シャーペンで書かれた字は、ひどく細くて、震えていた。

金村って、金村か？　電車で会った、貧弱な体に学ランを着て、すぐに顔を赤くする中学生。俺を電車の窓から引きずり落とした、あの金村？　どうして、俺があいつのプリントを持っているんだ？　まさか。慌てて学ランの胸元を見ると、縫い付けられた名札には、はっきりと「金村」の文字があった。俺は咄嗟にプリントを放り投げた。俺、今、金村になってる？　なんだそれ、どうしてそんな――。

俺はふらりと立ち上がった。理科室なんかに行くのはやめだ。早く金村を見つけて、元に戻してもらわないと。

だけど、気づくと、俺は廊下にはいなかった。そこは教室で、俺は落書きだらけの席に座っていた。机にはプラスチックのトレイが置かれ、その上に料理が乗った皿が並んでいる。野菜スープと魚のフライ、オレンジ色のドレッシングがかかった温野菜のサラダ、ビニール袋に入った食パンと、アセロラゼリー。給食だ。なんだ、これ。苛つきながらも、俺はパンの袋に手を伸ばした。だけど、手が届く前に俺のパンが消えた。代わりに、筒状のプラスチックケースが現れる。大きなスティック糊くらいの容器に、マジックで「カメ・カニの餌」と書かれたガムテープが貼られていた。

「お前の飯は、こっちだろ」

背後から、声が聞こえた。声の主は俺の肩越しに手を伸ばして、これ見よがしに餌の容器を傾けた。蓋は開いていて、縁からこぼれた茶色の粒が、ぱらぱらと俺の野菜スープに落ちた。炊く前の米よりも小さい粒が、透明なスープに沈んでいく。そいつはカニの餌を俺のスープにこれでもかと入れると、満を辞してとでも言うように、ゆっくりとスプーンを取った。

「はい、あーん」

そいつはたっぷりとスープをすくうと、まるで子供に食べさせるように、俺の口へ運んだ。サイコロ状に刻まれたじゃがいもと、人参と、水を吸ってふやけたカニの餌が目の前に迫る。待てよ、本気か？　これを、俺に食わせるつもりか？　香ばしい、だけどしっかりと生臭い匂いが、俺の鼻を突いた。今すぐ逃げ出したかったけれど、肩をがっしりと組まれて身動きが取れない。そいつがでかいのか、俺が小さいのか、まるで大人と子供だ。俺は必死で首を捻って顔を逸らした。スプーンは俺の顎にぶつかって、そいつの手から滑り落ち、からんからんと床に転がった。ほっとしたのも束の間、襲ってきた生臭さに俺は咳き込んだ。スープが少し口に入った。泥を噛んだみたいな、ひどい味がした。

「あーあ、ちゃんと、自分で食えよな」

そいつは当たり前のように俺のパンとゼリーを取って、自分の席に戻った。解放された俺は、動けもしないまま、ただ野菜スープを見ていた。沈む茶色の粒はどんどん水を吸って、どの野菜よりも大きくなって、ふやけて崩れた。

心臓が、壁を叩くみたいにうるさかった。顔が熱くて、だけど手足は凍ったように冷たかった。体が、石かプラスチックになってしまったみたいに動かなかった。教室の賑やかな声がみんな、俺を笑っているみたいに聞こえた。机の落書きのカニにすら、にやにやと馬鹿にされている気がした。

これ、俺、いじめられてるじゃん。

気づくと、俺はまた別の場所にいた。湿った冷気に鳥肌が立つ。トイレだ。俺は小便器が並ぶ男子トイレの、一番奥に立っていた。まるで追い詰められているみたいに、窓を背にしている。

「カニ村、まだ顔赤いぞ！」

声と同時に、顔に冷たいものがぶつかった。思わず「ひっ」と悲鳴を上げる。ぶつかったなにかは、びしゃりと音を立てて床に落ちた。水？　俺は慌てて顔を擦り、目を開けた。トイレの出口の前にいたクラスメイトらしき三人が、腹を抱えて笑っていた。声が狭いトイレにわんわんと響いて、まるで五人も十人もいるみたいだった。

一人が持っていた雑巾を手洗い場で濡らし、「行くよ！」と、野球選手のような大袈裟なフォームで投げた。濡れた雑巾は水滴を撒《ま》き散らしながら、まっすぐ俺の顔に飛んでくる。咄嗟に両腕を上げて直撃は防いだものの、跳ねた水が顔にかかった。苦い味が口の中に広がって、俺は咳き込んだ。

「カニちゃんが、泡吹いちゃってるよ」

クラスメイトがまた笑う。その隙間を縫うように、濡れた雑巾が飛んでくる。精一杯の防御も虚《むな》しく、いくつかの雑巾が顔に当たった。当たらなくても、顔や腕が濡れた。どうして、俺がこんな目に。頭が真っ白になって、なにも考えられなくなる。とにかく顔にだけは当たってほしくなくて、俺は必死で腕を上げていた。

きんこんとチャイムが鳴って、クラスメイトは手を止めた。散らばった雑巾を拾い集めて掃除用具入れに片付けると、何事もなかったみたいに、トイレから出ていった。後には、濡れた床と俺だけが残された。俺は頭から水をかぶったみたいにぐっしょりと濡れていて、長い前髪から、ぽたぽたと水滴が落ちていた。体が冷えて、俺は小さく震えていた。いつまで、これが続くんだ。ぐいと顔を拭って目を開けると、そこに、知っている顔があった。

「金村」

どこからか現れた金村は、電車で会ったときのまま、学ランを着ていた。金村は長い前髪の向こうで目を細めて、小さくため息を吐いた。馬鹿にされたような気がして、かっと頭に血が上る。さっきまで動けなかった体が爆発するみたいに動いて、俺は金村の胸ぐらを摑んだ。

「ふざけんな、すぐに戻せよ！」

大声で、腹の底から叫んだつもりだった。だけど、俺の叫び声は風船が萎むみたいに弱々しかった。まるで俺の声じゃない。もしかしたら、金村の声なのかもしれない。金村は、ぴくりとも表情を変えなかった。いっそぶん殴ってやろうかと、俺は拳を握った。その瞬間、額から落ちた水が目に入って、咄嗟に目を瞑《つむ》った。握った拳で水滴をぐいと拭い、目を開けると、そこにいたのは金村ではなかった。

それは、俺だった。

「えっ……」

空気が抜けるみたいな、へなへなの声が出た。慌てて瞬きを繰り返したけれど、見える景色は変わらなかった。

目の前に、俺と同じ顔をしたやつがいる。他のみんなと同じように学ランを着て、唇の両端を持ち上げて、にっと笑っている。丸い頬が幼くて、ちょうど、中学校に入ったばかりの俺に見える。そいつは俺の胸ぐらを摑んだ手を——いつの間にか、胸ぐらを摑まれているのは俺の方になっていた——、ぱっと離した。俺は突き飛ばされたみたいにバランスを崩した。体を支えようと、咄嗟に後ろに出した足は宙を掻いた。床がなくなっている。ここは、もうトイレですらなかった。ぐるりと世界がひっくり返る。全身に衝撃が走ったのと同時に、ばしゃんと水音が響いて、俺は頭からずぶ濡れになった。

「お前の家は、こっちだろ」

カニの餌に似た、強い生臭さが鼻を突く。膝くらいの深さしかない小さな池の真ん中に、俺は尻餅をついていた。俺と同じ顔のやつが、俺を見下ろしている。その周りを取り囲むように、学ランのやつらがいる。斜めになった看板には、「自然観察池」と書いてあった。河原にでも生えていそうな植物がびよんびよんと葉を伸ばし、池には小さなプランターがいくつも沈められていた。人工的に植えられた水草の陰で、小さな魚が右往左往していた。

「ほら、おかえり、ってさ」

俺の手のそばを、サワガニが通った。それを指差して、俺と同じ顔のやつが言った。クラスメイトが声を上げて笑う。あははは、あははは、あはははははは。大声で、腹を抱えて、涙さえ浮かべて笑っている。そいつらも、全員知っている顔だった。名前も分かる。岡田に土屋に恵田《えいだ》と近藤、吉井。中学校の同級生で、一年生の時につるんでいた。間違いない。つい一年前、成人式で揃って顔を合わせて、懐かしいななんて言い合ったやつらだ。袴《はかま》だったりスーツだったり、金髪だったりピアスをつけたりと、格好は変わったけど全然変わらないな、なんて。

目の前がちかちかして、頭が痛んだ。ここは、俺が通っていた中学校だ。ここは中庭で、理科の観察とかで使う池で、目の前にいるのは中一の時のクラスメイトと、俺。じゃあ、今、池に落ちているのは。

打ち付けた尻と、捻った足首が痛かった。全身が濡れて寒いし、臭かった。ストロー一本で海に潜っているみたいに、息が苦しかった。心臓が激しく鳴っているのに、体に血が巡っていないみたいだ。全身が固くなって、少しも動けなかった。脱皮に失敗して、自分の殻に絡め取られて動けなくなっている、カニみたいに。

「忘れ物だよ！」

俺ではない俺の声が、ひどく明るく響いた。声変わり前の少し高い声だ。そいつは心底楽しそうに笑いながら、びゅんとなにかを投げつけた。それは俺の——正確には金村の——学生カバンだった。黒い革の塊で、中学生には少し重かったやつ。それが目の前に飛んでくる。腕を上げて防御する暇もなく、額に重い衝撃が走った。中身の詰まったカバンは石みたいに固くて、俺はそのまま後ろに倒れた。

目の前が、真っ白に光った。そして、思い出した。

金村弘大は、中学校一年生のときの、クラスメイトだった。ひどく地味で、いるかいないのか分からないくらい静かなやつだった。背が低いわりにはひょろっと長い手足を縮こめて、いつも自分の席でじっとしていた。クラスメイトという以外に、接点もなかった。

あれは、五月の連休明けだった。何人かで調べ物をする授業で、俺は金村と同じグループになった。喋ったこともなかったから、俺は金村に「よろしく」と言った。それだけなのに、金村は顔を真っ赤にして、溺れたみたいに吃りながら返事をした。真夏みたいに汗をかいて、口の端に泡を浮かべて、「うん」とだけ言った。俺は驚いて、「なんだよその顔」と言った。金村は顔を余計に真っ赤にして、黙り込んでしまった。

赤面症ってことなのか、金村は、誰が相手でもそうなった。俺でも、先生でも、可愛い女子でも金村と似たり寄ったりの地味な男子でも、顔を真っ赤にしていた。その姿が、昔飼っていたサワガニに似ていたから、俺は金村を「カニ村」と呼んだ。俺が呼ぶとクラスが真似して、みんなが金村をそう呼ぶようになった。金村は、そう呼ばれるたびに顔を真っ赤にして、目をきょろきょろさせて、口をぱくぱくさせて、なにも言わずに俯いた。

指でつつかれたサワガニみたいな姿がおかしくて、俺は金村へのちょっかいをエスカレートさせた。机やノートにカニの落書きをして、消しゴムのかけらを投げつけて、教室で飼っていたカメの餌を食べさせるふりをして、濡れた雑巾を投げつけて、中庭の池に落とした。そして、金村が戸惑って、驚いて、右往左往する姿を笑った。

そのうち、金村が学校に来なくなった。そのときは少しだけ、俺のせいかな、やりすぎたかなと思ったけれど、夏休みに入ったらすぐに忘れた。二学期になっても金村は学校に来なくて、卒業まで二度と顔を見せなかった。だから、俺は金村を忘れた。高校生になって、大学に入って、中学校のことなんてほとんど思い出さなくなった。去年の成人式で久しぶりに同級生に再会して、ようやく思い出したくらいだ。金村は、たぶん来ていなかった。でも、成人式に来ないやつなら他にもいるし、来ないやつなんて所謂《いわゆる》「そういうやつ」だから、話題にも上らなかった。だから、俺は金村のことを、ずっと忘れたままでいた。

ぽたり、と、水滴が落ちる音がした。沈んでいた意識が引きずり出されて、俺ははっと目を開けた。同時に激しく咳き込んだ。必死に息を吸いながら、俺は、自分が固い地面に転がっていることに気づいた。乾いた砂の匂いと、青臭い植物の匂い、水の生臭い匂いがする。そばに立つ街灯が、じじじ、じじじと、焦げるような音を立てていた。

俺はぜいぜいと息をしながら、そばのベンチに頼って体を起こした。ぽたりぽたりと落ちる水滴が、ベンチを赤く染めていた。これ、血だ。俺の顔から、血がぽたぽたと流れ落ちている。触れてみると、額が痺れるみたいに痛んだ。

霞がかった意識が、だんだんはっきりしてくる。突然あることに気づいて、俺はごしごしと目を擦った。ここ、知っている場所だ。妙な電車の中でも、昔通っていた学校でもない。俺の家への帰り道だ。家の近くにある大きな公園の、池のほとりを回るウォーキングコース。

駅から家のちょうど中間地点にあって、突っ切ると近道だから、俺は毎日ここを通る。その途中だ。舗装された道が少し広くなっていて、池を眺めるみたいに、ベンチが三つ並んでいる場所。背後には背の高い木が何本も植えられていて、面する道路からの目隠しになっている。普段は散歩の老人が休憩しているような場所だけど、遅い時間なのか、周囲に人の姿はない。

もしかして、俺は生き返ったのか。窓から落ちたり昔の中学校に行かされたりと色々あったけれど、結果的には電車から降りたと判定されて、生き返ったのか。それともさっきまでのは、死にかけた俺の見た、趣味の悪い走馬灯のようなもので――。

「常田くん」

掠れた声に、びくりと顔を上げる。木が街灯の光を遮ってできた、穴でも空いたみたいな影の真ん中に、人が一人、しゃがみ込んでいた。そいつは、ぽかんと口を開けて、俺を見ていた。

「お前、金村――、か――?」

顔を隠すような長い前髪の下で、頬が赤くなっているのが、薄暗い中でも分かった。電車で会ったやつと同じ顔、間違いなく金村だ。だけど、違う。学ランじゃない。黒いパーカーとカーキ色のパンツを履いているし、なんだか少し大きく見える。中学校一年生の体格じゃなくて、むしろ、まるで俺と同い年くらいの――。

「常田くん、思い出したの――？」

金村が、ぽつりと言った。その声は、とっくに声変わりの済んだ男の声だった。どくんと心臓が鳴る。やっぱり、金村だ。

「お前、なんでここに――、電車は？　お前も一緒に生き返ったのか？」

俺の声は震えていた。金村は「電車？」と言って首を傾げた。さらりと流れた前髪の向こうで、金村の目が街灯を反射して光る。額の傷がずきずきと痛んだ。これは、どういうことなんだ。どうして金村が、俺の目の前にいるんだ。乾いた砂と土が喉に貼り付いて、口の中が苦かった。指が震えて、俺は近くに落ちていたリュックを握りしめた。いつも俺が使っている、財布とスマートフォンと、ちょっとした筆記用具くらいしか入れていないリュックだ。俺の額から流れた血が染みて、砂に塗れてべたべたになっている。

もしかして、これは。恐ろしい想像が頭をよぎった。この怪我は、まさか金村がやったのか。夜道を歩く俺のあとをつけて、人気のない公園に入ったところを殴りつけて、俺を殺そうとしたのか。そうだ、きっとそうだ。だって俺なら、絶対にそうする。悪ふざけであんなにひどいことをしておいて、それをすっかり忘れてのうのうと生きているやつなんて、とても許せない。

しゃがみ込んでいた金村が、不意に立ち上がった。ながい手足がぬっと伸びて、ひどく高いところから見下ろされる。その足元に、ノートが落ちている。それを見た瞬間、ぞくりと寒気が走る。青いノートの表紙には、黒いマジックでびっしりと、カニの絵が書かれていた。

「お前、俺に、復讐《ふくしゅう》しにきたのか」

俺の声は震えていた。額がじんじんと熱くて、風が刺さるみたいに冷たかった。手のひらの下で、砂粒がじゃりっと音を立てる。本当なら、今すぐ立ち上がって逃げ出したかった。だけど、体が動かなかった。頭がぐらぐらして、足が痺れていた。なんとか後退《あとずさ》りをしたけれど、ベンチに背中がぶつかって、ほんの少しも動けなかった。

だけど、赤く煙った視界の向こうで、金村はきょとんと目を丸くした。

「いや、常田くん、転んで――」

金村は、困ったように、首を横に振った。長い前髪の向こうに見えた金村の顔は、少し眉を下げた、心配そうな表情だった。

「えっ？」

俺の口から、ひどく間抜けな声が出た。

「偶然見かけて、声をかけたんだ――、久しぶりだったから。でも、驚かせちゃったかな。常田くん、転んで、ベンチに、頭打って、すごく血が出てたから、どうしようって――」

金村は低く落ち着いた声で、俺が覚えているとおりに――中学校時代の金村や、電車の中での金村と同じように――、吃りながら途切れ途切れに話した。視界がちかちかして、俺は思い出す。

そうだ、そうだった。帰り道、俺はいつものようにこの公園に入って、ベンチの前を通りかかった。そのとき、「常田くん」と声をかけられた。そのときは、そいつが誰だかまるで分からなかった。「僕、金村――」と言われても、少しもぴんと来なかった。だから、無視しようと足を早めた。だけど金村はついてきて、話がしたいと食い下がった。俺は苛立って、「金村って誰だよ、知らねぇよ」なんて言って、勢いよくその手を振り払った。そして、バランスを崩して転んだ。転んだ先にはベンチがあって、座面の角に、思い切り額を打ち付けた。

つまり、一人で勝手に転んで、死にかけていたってこと。

「なんだ、そうかぁ――」

気が抜けて、風船が萎むみたいな声が出た。急に恥ずかしくなって、俺は顔の血を拭った。手のひらが真っ赤に汚れる。次第に痛みが強くなる額を撫でて、ぐらぐら揺れる頭をベンチにもたれかけた。見上げた空は分厚い雲に覆われていて、星の一つも見えなかった。

「少し、話がしたかったんだ、常田くんと――」

金村の声は穏やかだった。ぼんやり赤い頬が、照れているみたいにも見えた。金村がその上をぽりぽりと掻くのにつられて、俺も頬を掻いた。

「あのころのこと、覚えてる？」

ぎくりと、喉の奥が軋んだ。俺が頷くと、金村は「そっか」と言った。

「学校に行けなくなって、ずっと引きこもってたんだけど、最近、ようやく外に出られるようになったんだ。今年から、定時制高校に入って、なんとか通ってて──」

ずっと、ずっとか。あれから七年経っているけれど、金村は、今、高校一年生なのか。

「あのときは本当に辛くて、自殺未遂もしたんだ、死ねなかったけど──」

自殺未遂。煤けた白い電車の景色が、瞼《まぶた》に蘇《よみがえ》る。そうか、電車の金村は、自殺しようとした金村の魂の一部だったんだ。そういえば到着駅を気にする様子も、切符を持っている様子もなかった。あいつは中一のときにこの世を離れて、ずっとあそこにいたんだ。

さすがに、胸が痛んだ。ほんの悪ふざけだった。大した悪意なんてなく、ただ金村が顔を赤くするのがおかしいというだけの理由で、俺は金村をいじめた。五月半ばから夏休み前までの、一ヶ月か二ヶ月。その短い期間で、俺は金村の中学校生活も、その後の高校生活も、もしかしたら大学生になっていたかもしれない金村の時間も、全部ぶっ壊した。あんなことをされたら、学校に行けなくなるのも当然だ。人に会うのが怖くなる。いつ、どこで、顔が赤いと笑われるか分からない。自分では、きっとどうしようもできないのに、からかわれて、笑われて、謂《いわ》れのない暴力を受ける。死にたくなるのも当然だ。それを、俺は──。

「一言、謝ってもらいたいって、思ってたんだ」

金村の言葉に、俺はぽかんと口を開いた。謝る。それだけでいいのか。それだけでいいなら、いくらだって謝る。俺は一つ咳払いをした。血の混じった唾を吐き出して、謝る準備をする。ごめんな、金村、あんなことをして。本当に反省している。たぶん、人生でここまで反省するなんてないくらい。

「でも、常田くん、覚えてもいないんだもんなぁ」

夜に響いた金村の声は、まるで舞台の上にいるような、よく通る声だった。金村は俺を見下ろし、にっと笑う。街灯に照らされて、笑顔に深い影が降りる。まるで外国の人形みたいだ。笑顔だけど、笑顔じゃない。怒っているのか、悲しんでいるのか、それとも全く違う気持ちなのかも分からない。耳元の産毛が、ぞぞぞと逆立った。寒くもないのに、鳥肌が立っていた。

「あの、あのさ、金村、俺、本当に悪いことしたって――」

「いいんだ」

金村は俺の言葉を遮った。揺れた髪の一束が頬に貼り付いたけれど、気にする様子もなかった。

「よく考えたら、僕が悪かったんだよ。だって、一回も嫌だって言ってなかった。だから、常田くんも僕が嫌がってたってこと、分からなかったんだよね。常田くんは僕と遊んでただけで、僕が嫌がってたなんて、思わなかった――」

金村の言葉はひどく滑らかで、まるで蛇口から流れ出る水みたいだった。ぺらぺらと、演説でもするみたいだ。俺は息を飲んだ。こもった声で唸《うな》りながら喋っていた金村とは、まるで別人だ。他人の霊が憑依《ひょうい》したとか言われても、信じてしまいそうなくらい。だから、金村の言葉を遮ってまで、「違う」とは言えなかった。

金村が嫌がっていたのなんて、百も承知だ。自分をカニだと言われて、喜ぶやつなんかいない。嫌がっているのを分かっていて、その姿を面白がっていた。子供が虫で遊ぶのと同じだ。つついたり、手足をもいだり、ちょっと潰してみたり、巣穴に水や砂を流し込んだり。捕まえた虫がどう感じているかなんて興味もないし、死んでしまっても気にしない。それと同じだ。金村がどう思っているかなんて、考えたこともなかった。あの電車に乗らなければ、金村のことなんか、一生思い出しもしなかっただろう。

「だからさ」

金村はぱっと顔を上げて、満面の笑みを浮かべた。

「復讐ってのも、いいかもしれないね。悪いことしたって思ってないんなら、僕が自殺なんかしたって、きっと気にしないもんね。本気でやり返して、どれだけ嫌なのか、分かってもらう方が先だったかもね」

まるで目の前にいる誰かにそう言われているみたいに、金村はうんうんと頷いた。どこか穏やかな金村の表情に、背筋が凍った。それ、さっき、俺が言った。電車で会った金村に、中一のときに自殺を図って、現世から逃げ出した魂の一部に、そう言った。

ちょっと待って、と、復讐なんかしたってどうしようもないと、俺が口を開く前に、金村は軽やかにベンチの後ろ側に回った。そっちにはなにもない。背の高い木々と、根元を覆うちょっとした茂みだけだ。がさりと、草木をかき分ける音がして、金村は、あっという間に俺の前に戻ってきた。その手には、大きな石を抱えていた。人の頭を半分に割ったくらいの、平たい大きな石だ。湿った土の上にずっと置かれていたのか、下半分に黒い土がこびりついている。瞬間、全身が総毛立った。後退りをしたけれど、ベンチに寄りかかっていたせいで動けなかった。投げつけられたカバンが迫る光景が蘇り、咄嗟に両手を持ち上げた。濡れた雑巾から、せめて顔を守るみたいに。

「待って、金村、俺、本当に反省してて」

俺は慌てて捲《まく》し立てた。口から飛んだ唾に、赤い色が混じっていた。歪んだ視界の向こうで、金村は俺を見下ろしている。街灯に照らされ、うっすら赤い頬が見えた。金村は抱えた石を、そのまま高く持ち上げた。

「金村、本当に、ご」

ごめん。たった三文字を、言い切ることができなかった。泥のついた石が視界を埋め、次の瞬間、雷が落ちたみたいに目の前が真っ白になった。頭が内側から弾《はじ》け、熱い液体がほとばしる。だけど、痛いと思ったのは一瞬だった。

「これで、分かってくれたかな」

金村の声はどこか清々しく、悪意のかけらもなかった。それを最後に、なにも感じなくなる。痛みも、光も音も、なにもない空間に放り出されて、そして。

がたたん、ごととん、ごう――。

規則的な振動が、俺の体を揺らしていた。目を開けると、そこは電車の中だった。青く柔らかい座席に腰掛けて、俺は一人で電車に乗っていた。煤けた白い壁の車内には広告もなく、オレンジ色の吊り革がゆらゆら揺れて、銀色の手すりがぴかぴかと光っていた。少しずつ間を取って座っている乗客は、誰もマスクをしていなかった。さらされた顔に、知っている顔は一つもない。しんと静まり返った車内で、俺だけがびっしょりと汗をかき、息を荒くしている。冷たい風に頬を撫でられて、俺は体を震わせた。背後の窓が、大きく開いたままだった。

「まもなく、深江、深江に到着します。お降りの方は、お忘れ物、落とし物ないよう、ご準備ください」

俺の手には、くしゃくしゃになった切符が握られていた。∞の形の路線図が、折れて半分になっていた。その折り目の真ん中に、「深江」と書かれた駅がある。汗をかいた手のひらに貼りついた側には、「降車駅：深江」とだけ書いてあった。

きいい――、と、金属音を立てて、電車とレールが擦れる。電車はじわじわとスピードを落として、地面に落ちる風船みたいに、ゆっくりと止まった。そして、ドアが開く。誰もいないホームの向こう側には、満天の星空が広がっていた。俺は、ただそれを見ていた。

「ご乗車ありがとうございます。深江、深江です。お降り遅れのないよう、ご注意ください」

かつりと固い足音を立てて、紺色の制服に身を包んだ車掌が、俺の目の前に立った。

大林利江子

せりなを書け

第5話

Feat. 太宰治『走れメロス』

「こんなことができるなんて、先生、信じられない！」

向坂《こうさか》先生がいつになく興奮している。

「パンダちゃんもクマちゃんも、かわいそうに……」

今度は震え声になった。たぶん、殺された状態のパンダちゃんとクマちゃんを思い出したのだろう。うちのお母さんもよくそうなるけど、人間、感情が追いつかないと声が震えたり、言葉が出なくなるらしい。


市立朝比山中学一年三組の教室は、空気がピンと張り詰めたように静かだった。向坂先生が話すのを止めると何も聞こえなくなる。まるで、ここには先生一人しかいないみたいだ。みんな、思いがけない出来事に驚き、ただ黙るしかなかった。

「パンダちゃん」と「クマちゃん」は、どちらもウサギの名前だ。校庭のウサギ小屋にいた二羽のメスのウサギが、昨晩、誰かの手で殺されたという。それも子どもにはとても言えない状態で。

正確には、ウサギ小屋は併設している朝比山小学校のもので、小学校高学年の生徒が順番に飼育係をする決まりになっていた。ただ、中学と同じ敷地内にあるし、ほとんど共有のペットだ。二羽は私たちが五年生の時に生まれた姉妹のウサギで、赤ちゃんの時は休み時間になる度に、みんなでウサギ小屋を覗《のぞ》きに行ったものだ。あの頃は飼育係になるのを喜ぶ生徒もたくさんいた。

中学生になると、ウサギを気にする生徒はほとんどいなくなったが、私は未《いま》だにその二羽を可愛がっていた。

例えばせりなと会う夜、私たちは時々ウサギ小屋からウサギを持ち出して時間をつぶした。うちの学校は、夜間、体育館をどこかのスポーツ団体に貸すので、こっそり校庭に入ることができるのだ。ウサギ小屋自体は臭くて、あまり入りたい場所ではないけれど、今みたいな冬の初めなら、そんなに嫌じゃない。それにウサギを抱っこしてすぐに外に持ち出せば平気だ。

公園の遊具の中でふわふわしたウサギを抱いていると、温かくてなんだか安心した。パンダちゃんは白ベースに黒いブチが入ったウサギで、クマちゃんは薄い茶色一色のウサギだ。性格はパンダちゃんの方が大人しく、クマちゃんは少しだけ怒りっぽい。私とせりなは一羽ずつ抱いて、どちらも平等に可愛がった。「パンダちゃんの方がいい」と思っていても、絶対に口に出さなかった。そういうところが、私とせりなは同じだった。

とにかく、あの二羽のウサギが死んでしまった。抱いた時の感触が手の平によみがえってきた。柔らかくてふわふわした丸い背中。膝の上に乗せた時、小さく伝わるドクンドクンというお腹の鼓動と温もりが、私はとても好きだった。

私はせりなの方を見た。私より二列後ろ、一番廊下側の席のせりなは、片手を口元に置いたまま、顔をこわばらせていた。見開いた目には涙が溜《た》まっているのか、少し潤んで見える。せりなと目が合わないうちに、そっと視線を前に戻す。私たちは少し変わった関係で、教室では一言も口をきかない。だから同じマンションに住んでいて、学校帰りにしょっちゅう公園で会っていることを、クラスメートは誰も知らないのだ。

「名付けてシークレットフレンド」

何度かせりなにそう宣言したことがある。私たちは秘密の友達。みんなが知らないところで通じ合っている。そうやって、いかにもかっこいいことみたいに言ってのけた。

自分で言うのもなんだけど、私は小学生の時からクラスでけっこういいポジションにいる。例えば、今年の夏のキャンプ、私がいた班は、クラスで一番華やかな女子四人組だ。行き帰りのバスでは、可愛くておしゃれな成瀬《なるせ》さんと並んで一番後ろの座席に座り、夜は宮川君ら目立つ男子たちと花火を楽しんだ。

一方で、せりなはどうだったかというと、キャンプを休んで家にいた。当日の朝、「お腹が痛い」という理由でドタキャンしたのだ。友達がいない二泊三日のキャンプなんて、逃げたくなるのは当たり前だし、そもそもせりながいなくても、誰も気にしない。

せりなは昔からそういう存在だった。

だからこそ、私はせりなと友達だということをみんなには言えず、そのくせ、学校の外ではせりなを利用して自分の寂しさを紛らわせていたのだ。

そして今、話さなくてもせりなが私と同じだけ悲しんでいるということが分かる。あの二羽のウサギは、私たちにとって心の穴を埋める共通の友達だったから。


「とても残念なことだけど、このクラスの中に犯人がいる可能性が高いの」

向坂先生がそう言うと、教室が今度は別の意味でしんと静まり返った。大人が、それも学校の先生が、生徒に向かって「犯人」なんて言葉を使うとは思わなかった。みんなの気持ちが、悲しみから驚きと緊張のゾーンに移っていく。どうやら、これは異常事態らしい。

向坂先生は自分が投げた爆弾の手ごたえを感じたのか、ちょっと落ち着いたように見えた。そしてさっきよりも声のトーンを下げて、もったいぶった話し方になった。

「どうして、このクラスに犯人がいるかというと」

まず、あのウサギ小屋は放課後、施錠されている。鍵は用務員室に、ほかの鍵とともに保管されていた。しかし二週間前の水曜日の夕方、用務員が目を離した隙に、二つの鍵のうち一つが盗まれたという。そしてその時間帯、校内に残っていたのは私たちのクラスだけだった。学級委員の柳さんの提案で、合唱コンクールの決勝に向けて歌の練習をしていたからだ。あの時向坂先生は「あなたたちの団結力はすばらしい」と褒めてくれたのに。

とにかくタイミングから考えて、鍵を盗んだのはこのクラスの生徒しかありえない。よってウサギを殺した犯人はこの中の誰か、ということらしい。

　それだけで決めつけるなんておかしな話だ。そもそも鍵なんてなくても、あのウサギ小屋に入ることができる。ドア横の金網の穴が大きくなっていて、そこから手を伸ばせばドアの内側に届くのだ。その際、かなりみっともない体勢になるし、膝を地面につかなきゃいけないけど、慣れたら三秒で開けられる。

　でも、私が今それを伝えるわけにはいかない。だって、みんなが「そんなこと知らなかった」と言えば、まるで私が犯人みたいになる。言いたいけど、言えない。なんだかムズムズした。せりなも今、同じ気持ちに違いない。

「犯人がここで心を入れ替えないと、今度は人間を攻撃して、とんでもないことになるかもしれないの」

　向坂先生が力を込めて言った。なるほど。このクラスから殺人犯が誕生したら大変だ。担任教師にしてみればたまったものじゃない。

「みんな、何か知ってるんじゃないの？」

　クラスメートたちは隣の子と目配せしあったり、口を尖《とが》らせたりした。声にならない不満が洩《も》れている。向坂先生は、生徒ひとりひとりを舐《な》めるように見ていく。「私は何も見逃さないわよ」と言わんばかりに。その間、たぶん三十秒ぐらいだったけど、すごくすごく長く感じた。

困ったなというムードになった。隣の席の野口君も、斜め前の席の水口さんも、心がそわそわしているのが分かる。壁の時計を見て、ため息をつく子もいた。

ゲームがしたい。塾に行かないと。お腹空いた。みんな、心はひとつだ。

――早く帰りたい。

第一、向坂先生だって困るはずだ。生徒を早く帰さないと、誰かの親から電話がかかって来るかもしれない。なのに、どうしちゃったんだろう。正義とか熱血とか、そういうよく分からないスイッチが押されちゃったみたいだ。

私はまたちらりとせりなを見た。せりなは、ただ俯《うつむ》いて机の上を見ている。きっと誰よりも早く帰りたいはずだ。だって今日はせりなにとって「大当たりの日」なんだから。

せりなには、二つ上のお兄さんがいる。優しくて頭がいい自慢のお兄さん。隣町の有名中学の三年生だ。そのお兄さんが腎臓の病気にかかり、半年前から入院していた。

せりなのお母さんは、週に何度かパート帰りに病院に通い、そんなお兄さんに付き添う。お兄さんの調子が悪いと、お母さんの帰りが遅い「はずれの日」。お兄さんの調子が良くて、お母さんが家で夕ご飯を作る日は「当たりの日」。なおかつ今日みたいに、美容師のお父さんの定休日にあたる火曜日は、両親と一緒に晩ご飯を食べられる「大当たりの日」なのだ。

それは私だけが知るせりなの事情。たぶん、クラスメートは誰も知らない。

せりなと私が最初に公園で会ったあの日は、まぎれもなく、せりなにとって「はずれの日」だった。

「長谷川さん、大丈夫?」

制服姿のまま、ひとりぼっちで公園にいた私に、突然せりなが声をかけてきたのだ。小学校から同じ同級生なのに、彼女の声をちゃんと聞いたのは、それが初めてだった。せりなはジーンズに、ダボっとしたTシャツという格好だった。

「お母さんを待ってるの」

私は答えにならない返事をした。たぶん「今ひとりぼっちだ」と、自分の状態を伝えたかったのだろう。もっというと「寂しい」と言いたかったのかもしれない。せりなは私の言葉を聞いて、少し安心したようにこう言った。

「私も、お母さんの帰りを待ってるの」

その瞬間から、私たちは小さな公園で「寂しい」を共有する仲になったのだ。

実際、私はいつも両親のことを待っていた。うちの場合、お父さんは仕事が一番。お母さんはおばあちゃんの介護が一番という状態で、二人はよくケンカをした。どちらも忙しいというのが言い分で、その言葉から争いが始まり、その言葉で争いが終わる。

いつも親を待っている。それに加えて、もうひとつ、私とせりなには共通点があった。私にもお兄ちゃんがいるのだ。ただ、私のお兄ちゃんは六つ上の十九歳で、健康で活発だった。昔はすごく私を可愛がってくれたけど、大学生になると同時に家を出て、今はバイトと「彼女」に明け暮れている。

要するに、私は今誰にとっても「一番」じゃなかった。

だけど、夕暮れの小さな公園でせりなと会っている時は「一番」になれた。まるで暗黙の了解のように、その時間は私にとってせりなが一番で、せりなにとって私が一番だった。

とはいえ、せりなとは毎日会えるわけではない。学校帰り、公園で待っていてもせりなが来ない時は、「ああ、今お母さんがいるんだな」とあきらめ、私は誰もいない家に帰るしかなかった。せりなから携帯に連絡が入るのは、決まってその後だ。「ごめんね、今日は行けないかも」という文言と、ウサギが土下座している可愛らしいスタンプ。それを見ると、いつもよりもずっと寂しい気持ちになった。

つまり、せりなにとって「当たりの日」は私にとって「はずれの日」で、せりなにとって「はずれの日」は私にとって「当たりの日」だ。

せりなのお兄ちゃん、もっと体調悪くなればいいのに。気を抜くと、そんなことを考えそうになった。

あの時、「彼」が現れるまでは。

そう、私は運が良かった。人生で一番寂しくて、押しつぶされそうになった時に、彼と出会えたのだから。

彼のおかげで、私はせりなのお兄さんの不調を祈らずに済んだ。友達の不幸を待つような、サイテーの子にならずに済んだのだ。


彼と出会った時のことは、きっと一生忘れない。

私は、朝から不安でいっぱいだった。前の晩、お父さんとお母さんが大喧嘩をして、「明日、離婚の話をしよう」と言っていたのを聞いてしまったからだ。私は一睡もしないまま朝を迎え、重い足取りで学校に行き、心がすっぽり抜けた状態で授業を受け、休み時間は成瀬さんと大げさに笑い転げた。今夜、お父さんかお母さん、どちらかを失うと思うとずっと怖くてたまらなかった。

学校を終えて家に着くと、祈る思いで玄関のドアを開けた。すると部屋は暗く静まり返っていた。お父さんもお母さんも、お互いに「離婚の話をする」という約束を破ったのだ。私が一分一秒もその約束を忘れられなかったというのに。二人はきっと、そんな私の気持ちに気づくことは一生ないだろう。

カバンを置くと、制服姿のまま公園に向かった。今日はせりなが来る日だ。昨日の話だと、お兄さんが再手術をする日だから間違いない。お母さんがいない「はずれの日」だ。だから公園にせりなが来る。早くせりなに会いたい。せりなに会えば、私はせりなの「一番」になれる。

けれど、いくら待ってもせりなは現れなかった。携帯に「行けないかも」といういつもの決まり文句とウサギのスタンプが届いた時、私は裏切られた思いがした。

まだ十月の初めだというのに、妙に寒くて、いつもより静かな夜だった。

せりなが来ないと分かっても、私は公園で待ち続けた。一人であの暗い部屋に帰るのが、どうしても嫌だったのだ。「行けないかも」という言葉の曖昧さも手伝って、震えながら待ち続けた。

しまいに、顔を上げてマンションのベランダを見渡した。せりなの家を探すのは大変だった。大きなマンションだから、見上げたところで全部の窓が見えるわけじゃない。それでも、三階の右から四番目のその部屋を見つけられたのは、ベランダに制服のプリーツスカートが干してあったからだ。掃除のワックスがけの時に汚してしまい、せりなは何気に気にしていた。きっと帰宅してすぐに洗ったのだろう。

ベランダに面したリビングには明かりがついていた。じっと見ていると、せりなのお母さんが現れ、スカートの乾き具合を確認した。やっぱり今日は「当たりの日」で、お母さんには心の余裕があるらしい。あの明かりの中で、せりなは温かい手料理を食べたに違いない。私のことなんてこれっぽっちも頭にないんだ。両親と食事をしているせりなの顔が浮かんで、私はますます裏切られた気がした。せりなは今、私よりずっといい思いをしている。その現実が痛かった。せりなもうちの両親と同じ。私がどれだけせりなに会いたかったか、気づくことは一生ない。ぼんやりとそう思った。

私とせりなは違うんだ。せりなはお兄さんの病気さえなければ、ちゃんと両親に大切にされる。それはとても大きな違いだ。

「せりなのくせに」

気づいたら、口に出してつぶやいていた。それから自然と涙がこぼれた。自分がかわいそうだった。何より、かわいそうな自分を誰にも知ってもらえないことが、どうしようもなく悲しかった。

その時、「夕焼け小焼け」のメロディが聞こえてきた。町内放送で流れる、怖いくらい単調な音楽。小さい頃、買い物を終えたお母さんと手をつないで帰る途中でよく流れた。あの頃はメロディに合わせて歌っていたっけ。

こんな夜に流れることもあるんだと、不思議に思った。

「代わってあげようっか?」

音楽が鳴り止むと同時にその声がした。振り向くと、地面に青いスポーツバッグが置かれていた。ナイロン素材でリュックみたいに背負うこともできる、お兄ちゃんが町内会のサッカークラブで使っていたのと同じやつだ。けど、声の主はどこだろう。きょろきょろ見回していると、「こっち」という声がして、飛行機型のジャングルジムの中に「彼」がいた。さっきまで誰もいなかったのに、いつの間に？

呆然《ぼうぜん》と立ち尽くす私に、彼は「ここ、代わってあげよっか」ともう一度言った。彼が座っていたのは飛行機の運転席にあたる場所で、そこにはくるくる回せるハンドルがついている。知らない男子にいきなり話しかけられて、私は戸惑った。「別に」と言ってもよかったのだけど、声をかけてくれたことを無駄にしちゃいけない気がした。だって、知らない子に話しかけるって、すごく勇気がいることだから。

私はなるべく当たり前のように「うん」と答えた。すると彼はまた笑顔になって、運転席から飛び降りた。「ひらり」という音がぴったりな降り方で、まるで体重なんてないみたいだった。

私は言われるがまま運転席に座り、パイプで組んだだけのハンドルを回してみた。そうしないと、やっぱり彼に悪い気がしたのだ。するとなぜか楽しい気分になった。もう一度ハンドルを回すと、もっと楽しい気がした。その席でハンドルを回せば回すほど、自分は特別な子になれる気がした。

次に彼と会ったのも、同じ公園だ。やっぱり私の両親の帰りが遅く、せりながら「当たりの日」だった。ひとりぼっちで公園にいたら、「夕焼け小焼け」のメロディが流れ、やがて背後から足音が聞こえてきたのだ。音楽が小さくなっていくのと入れ替わるように、その足音が大きくなった。

振り向くと、彼がやっぱり笑顔で立っていた。驚いたことに、その腕にはパンダちゃんが抱かれていた。抱っこしてる彼がうらやましくてじっと見ていると、彼は優しく言った。

「代わってあげよっか？」

受け取ったパンダちゃんは、いつもよりも体が重く、温かく感じた。実をいうと、私はウサギ小屋に行こうか迷っていたところだった。でも夜に一人で校庭に入るのはさすがに心細かった。まさか彼が、私の代わりにここにパンダちゃんを連れてきてくれるとは。私はパンダちゃんを抱いたまま、何度もその体を撫《な》でた。

その次に会った時、彼はゲームをしていた。「見て」と呼ばれて振り向くと、ベンチに座った彼がいたのだ。私は隣に腰かけ、彼の手元のゲーム機を覗き込んだ。美しい自然の中で、一人の少女が駆け回って敵を倒しているところだった。

「代わってあげよっか？」

うなずく前にゲーム機を渡された。操作の仕方が分からないはずなのに、やってみるとなぜかすいすい前に進めた。鳥に乗って自由に空を舞い、獲物を見つけたら、地上に降りて狩りをする。その一連の流れがとても気持ち良くて、私はすぐに引き込まれた。

それからは、せりながいなくてひとりぼっちの時、いつも彼と一緒にゲームをして遊んだ。彼といれば楽しくて、自分が小さな公園にいることをすっかり忘れるほどだった。

彼は決まってせりながいない時に現れる。たぶん同じマンションに住んでいる子で、ベランダから一人でいる私を見て、慰めに来てくれるのだろう。悲しんでいる私を、彼だけは見てくれていたのだ。

気づくと私は、お父さんとお母さんのどちらかを失うことも、せりなが公園に来ないことも、前ほど恐れなくなっていた。

「みんなが犯人を教えてくれるまで、今日は終われませんよ」

向坂先生の声がさっきよりも一段と低くなった。だんまりを決めた生徒たちに対し、ついにしびれを切らしたのだ。このクラスに犯人がいるというのは先生の決めつけだし、みんなが何かを知っているというのも、また決めつけだ。でも、だからこそ向坂先生は後には引けない。「犯人」が現れなければ、生徒を疑ったという事実だけが残るわけで、このまま私たちを家に帰して、その事実を親に伝えられたらヤバい。もはや意地でも犯人を見つけなければならないのだ。

先生の考えていることは、意外と分かりやすい。向坂先生だけじゃない。大人が自分のために使う言葉は、まるで色がついてるみたいにその場で浮いて見える。

とにかく、向坂先生は、「タレコミ用紙」を作り始めた。わら半紙を四等分にカットし、教卓の上で一つにまとめてトントンと揃《そろ》えると、それをみんなに配りながらこう言った。

「どんなことでもいい。ここに犯人について知ってる情報を書きなさい。自分の名前は書かなくていいから」

もう付き合いきれないよ。いくら退屈な授業でも、時間が来れば終わる。だけどこの犯人探しには終わりが見えない。あからさまにため息をつく子も出てきた。私だって、ほとほと嫌になっていた。

ふいに背中をつつかれた。私は椅子の前足を浮かせて、体の重心を後ろに置いた。

「なあに？」

顔を少しだけ傾けて、後ろの席の美里《みさと》ちゃんに聞く。

「手紙、回ってきた」と、美里ちゃんが私の背中越しに囁《ささや》いた。

前を向いたまま、手を後ろに差し出すと、そこにノートの紙切れを四つ折りにしたものが乗せられた。私はそっと膝の上で紙切れを開いてみる。そこには、たった一行の走り書きがあった。

「せりなを書け」

　思わず振り向いて美里ちゃんを見た。美里ちゃんはまるで人形のように無表情だった。目を合わせて話をすると向坂先生に注意されるかもしれないから、あえて私の視線をスルーしているのだ。振り向いた流れで、クラスメートたちの顔を見た。みんながみんな、同じように無表情だった。全員本物そっくりな人形に置き換えられたみたいだ。

　その時、全部理解した。クラスで一致団結して、せりなを犯人にしようとしている。せりなは「生贄《いけにえ》」に選ばれたのだ。向坂先生の気持ちを押さえて、みんなが早く帰るための生贄。どうしてせりなが選ばれたか？　答えは簡単だ。せりなには無実を主張する力も、味方もいないからだ。

　犠牲とか、便利使いとか、滑り止めとか、人が生きるにはそういう「都合のいい存在」が必要だ。何を隠そう、私自身、せりなをそんな風に扱っていた。

　当のせりなはというと、自分のタレコミ用紙を前にしかめっ面をしている。先生の命令だから何か書かなくてはいけない。でも何も書くことがないと、真面目に悩んでいるに違いない。今、自分の身に何が起きようとしているのかも知らずに。

　私は胸が張り裂けそうになった。せりなは優しくていい子だ。「シークレットフレンドになろう」なんて自分勝手なことを言っても、「それ、素敵だね」と笑ってくれた。私のずるい計算を全部見ないふりしてくれた。

それに比べて私は嘘つきだ。教室で成瀬さんと一緒にいる時、いつも楽しそうに大声で笑う。お揃いのスマホケースを買って嬉しそうにはしゃぐ。でも、全部嘘だった。

本当はせりなと話している時が一番楽だし、自由でいられる。

と、お尻に振動が走った。後ろの席の美里ちゃんが、私の椅子の下を足先で蹴ったのだ。美里ちゃんは「早くその手紙を回せ」と言っている。

慌てて手紙を元の四つ折りにし、前の席の三島君に回した。自分がそうされたのと同じように、背中を小さくつついて、三島君の手の平に手紙を置く。三島君はメモを開いた後、隣の宮川君と目配せした。その肩が少しだけ揺れている。笑いをこらえているのだ。

心臓がバクバクしてきた。落ち着け、と自分に言い聞かせる。こんな手紙、無視すればいい。そもそも匿名なのだから、言うこと聞かなくてもバレやしない。でも、私一人じゃ、せりなを助けられない。きっと多数決でせりながウサギを殺した犯人にされてしまう。

「俺が君のはけ口になってあげる」

ふいに「彼」の言葉を思い出した。

そうだ、私には彼がついている。困った時、寂しい時、いつも彼が私を助けてくれる。最初に公園で会ったあの瞬間から、ずっと。

「あなたのおかげで、私、嫌な子にならずに済んだ」

ある時、私は彼にそう言った。正直に、せりなのお兄さんの病気が悪くなることを願ったことも話した。

「話したらすっきりした」

すると彼は言った。

「これからは、俺が君のはけ口になってあげる」

「はけ口って？」

「言いたいことを言えなくて苦しい時、俺がその気持ちを受け止めて消してあげるってこと」

どうしてそんなに優しくしてくれるかと聞いたら、彼は何も答えずただ笑った。彼にとって私は「一番」。そう言われた気がした。

私はもう何も怖くなくなった。


逆に、せりなに彼のことを話したこともある。

「もう一人、秘密の友達ができたの」

そういう風に言えば、学校でせりなと話せない自分をごまかせる気もした。

せりなはそんな私の思いを知ってから知らずか、「よかったね」と無邪気に喜んだ。まるで自分のことのように。

きっと彼は、弱い私を助けるために現れてくれたんだ。せりなと私が平等になるように。喜ぶせりなの顔を見て、そう確信した。

クラスメートの手から手へと、あの手紙が回っていく。

私は心の中で彼に助けを求めた。せりなを犯人にしたくない。でも、せりなの味方はできない。

どうか私を助けてください。

はけ口になってくれると、あの時彼は確かに言ってくれた。彼は強い。弱い立場のせりなとも、心が弱い私とも違う。かっこよくて、何が起きても笑いのける。何をしても許してくれる。彼はそういう人だ。たぶん。

助けて。心の中でもう一度つぶやいた。そして頭の中で彼の姿を浮かべた。キャップからはみ出た黒髪。ジャンパーを着た背中。彼の後ろ姿だ。ウサギ小屋の金網の中に手を伸ばす。ジーパンの膝が汚れるのも構わずに。ガシャンという音がして鍵が開く。扉を開けて、一歩二歩と踏み込む。スニーカーが敷きつめられたわらを踏んで、しなるような音がする。そして彼の手が、ゆっくりとウサギに伸ばされ、二つの耳をまとめてつかんだ。もう片方の手に何かが握られている。

「では、読み上げていきます」

三十分後、「ウサギ事件目撃証言」の開票が行われた。向坂先生の背後には、学級委員の野田君と柳さんが立っている。向坂先生が読み上げる内容を、二人が交互に黒板に書いていく流れだ。

「犯人は、スカートをはいていた」

「犯人は、髪の毛を二つ結びにしていた」

「犯人は、白いスニーカーを履いていた」

ここまではよかった。

「犯人は、佐橋町方面に帰って行った」

「犯人は、少し太っていた」

「犯人は、カバンにウサギのキャラクターのキーホルダーをつけている」

じわじわと犯人像が、せりなに近づいていく。

しまいには「犯人は、普段大人しい女子で、多重人格者かもしれない」という内容が読み上げられた。目撃証言と言いながら、そんなことが分かるなんておかしい。犯人をでっちあげる気満々だ。

せりなはというと、今にも泣き出しそうな顔をしている。今何が起きているのか、とっくに分かっているようだ。こんなのいじめだ。向坂先生はおかしいと思わないのか。それとも向坂先生自身おかしくなっているのか。

「犯人は、貧乏な家の子だ」と聞いた時、私は耳をふさぎたくなった。せりなの家は裕福ではないけど、貧乏ではない。ただ両親が忙しすぎて、給食当番のエプロンが洗えなかったり、遠足のお弁当のおかずが適当になったりする。

そういうせりなの悲しい出来事で、せりなが傷つくなんて間違っている。

それでも向坂先生は読み続ける。さすがに声に迷いが出てきたけど、もうどうしようもない。今はウサギを殺した犯人を探す時間。せりなのいじめ問題を取り上げている時間じゃない。話がこんがらがるし、向坂先生的にますます不利になってしまう。

向坂先生はここでいじめだと気づくわけにはいかないのだ。

「犯人は、すぐに耳が真っ赤になる」

せりながハッとして自分の耳を両手で隠した。教室から声にならない笑いが起こった。たぶん、それは気のせいじゃない。

向坂先生、どうしてくれるの。私はそう言いたくなった。

振り向いて、もう一度みんなの顔を見た。生贄を前にした集団って、こういう顔になるのか。色のない顔がずらりと並ぶ。ただその中にも、生贄を目の当たりにした興奮が見える。

その時、私は初めてせりなと目があった。というか、初めてせりなが私の方を見た。教室でせりなが私を見たこと自体、初めてかもしれない。

「あなたも私を犯人にしてるの？」

せりなの目がそう私に問いかけている。

もうすぐ、クラス全員分のタレコミ用紙が読み終わる。

「犯人は、男子です」

その用紙が読まれた時、教室の中に亀裂《きれつ》が走った。

自分で書いておいて不思議だけど、まさに救世主が現れた感じ。ああ、彼が助けに来てくれたんだなと思った。

「犯人は、ウサギの両耳をつかんだ」

「犯人は、そのままバッグから裁ちばさみを出した」

そこから先は、向坂先生の声の震えが激しくなって、聞き取りづらかった。それに聞いているクラスメートの中には、悲鳴を上げたり泣き出す子もいた。それぐらい、残酷でひどい内容だったのだ。

「犯人は、ウサギの鳴き声が聞こえなくなるまでそこにいた」

小さな用紙いっぱいに事細かく書かれた目撃証言を、先生はなんとか読み終えた。

「えっぐ……」

私の前の席の三島君がそうつぶやいたきり、教室は完全に沈黙に包まれた。

私は作文に自信があった。小学生の時から、校内の作文コンクールで毎年上位三位には入っていたし、社会見学の感想文が区の月刊誌に掲載されたこともある。このタレコミ用紙には、私の特技が存分に生かされたのだ。ウサギの殺し方も、犯人像の描き方も完璧だった。聞いているみんなは、まるで自分がそこにいたかのようにイメージできただろう。

「その男子は、背が高くて、体は細くて声が低くて、黒字に黄色の線が入ったジャージのパンツをはいていて、だぼっとしたジャンパーの背中には英語の刺繍《ししゅう》が入っている。手にはリュックにもなる青いスポーツバッグ。頭の野球帽は、海外の野球選手がかぶっているような黒字に白いロゴが入ったもの」

ウサギの殺し方に関しては、ゲームで見た狩りの方法を、頭の中でウサギに置きかえてイメージした。案外むずかしくなかった。

向坂先生を見ると、タレコミ用紙を手にしたままガタガタ震えていた。

「あのウサギ、この通りの殺され方をしていたの……」

呼吸を整えて、先生がなんとかそう言った時、私は仰天した。ウサギの両耳を切ったっていうのも、ゲームから生まれた妄想だったのに。もしかして、犯人も同じゲームをしていて、同じ発想でウサギを殺したのだろうか。

「この男子って誰……？」

「フツーにこれを書いた子が、犯人じゃないの？」

ドキリとした。この流れはまずい。でも私が書いたのはでたらめの情報だし、私が犯人なわけがない。

「犯人が、別の誰かを犯人にしようとして書いたんじゃない？」

「じゃあ、やっぱこの中に犯人がいるってこと？」

教室がざわめいた。

「いや、でもさあ、そんなこと、する？」

「この子、見てたけど、怖くて止められなかったんじゃないの？」

青ざめる向坂先生と反対に、みんなの口数が多くなった。急展開にみんな少し興奮しているようだった。

「……俺知ってる。この目撃情報とそっくりな子」

後ろの方の席で一人の男子が声を上げた。少し間を置いて、クラスメートたちも次々と後を追った。

「俺も」

「ねえ、あの人よね」

「やっぱり、そう思う？」

私は混乱した。「彼」はこの学校の生徒だったの？　いや、そんなはずがない。私は学校で彼を見たことがない。せりなに話した時も、「そんな子、知らない」と言っていた。それとも、私とせりなが知らないだけだったのか？

前の席の三島君がさらに核心をついた。

「なあ、二年の影山君だろ？」

「そうだ、あの子だ」

「影山君ってさ、俺、小学校の時同じ通学班だったんだ」

「俺、少年サッカーで同じチームだった」

「嫌な奴だったよね」

「うん。性格悪い」

「威張ってる」

「実は俺、あいつがウサギをいじめてるところ、見た」

「私も！」

そっか、と思った。みんな、私が出した嘘の情報から、都合よく犯人を仕立て上げようとしているのだ。これでせりなが生贄になる必要はなくなった。せりなよりも、ずっとぴったりな生贄を見つけたのだから。

家に帰れるという期待からか、みんなの目が生き生きと輝きはじめた。しまいには「影山君が、昨日ウサギ小屋の中にいるところを見た」という決定的な証言まで飛び出した。

「でも、当番でもない二年生の子が、どうやってウサギ小屋に……？」

向坂先生がそうつぶやいた時、とっさに私は手を挙げていた。

「あの」

感情より先に言葉が出たのは、生まれて初めてだった。

向坂先生の目が私に向けられる。

「ウサギ小屋、鍵がなくても入れます。扉の横の金網に穴が空いてて……」

そこまで言ったところで、「そうだよ！」と、学級委員の野田君が引き取ってくれた。

「穴から手を入れたら、誰でも鍵を開けられるんだ！」

「少し待っているように」と告げて、向坂先生は教室を出て行った。先生がいなくなった後も、教室では「犯人の影山君」の話題で持ちきりだった。

「あいつなら、いつかこういうことすると思った」

影山君は悪い意味で有名な子だった。私は名前も知らなかったけれど、もしかしたら、どこかで話したことがあるのかもしれない。二年生の男子には、校庭でバレーボールをして遊んでいたら、いきなり「どけ」と言われたことがある。

けど、やっぱりおかしい。私が知っている「彼」のイメージは、みんなが話す影山君とは程遠い。だって彼はいつも優しくて、人に嫌われるような子には到底見えなかった。ましてやウサギを殺すわけがない。

タレコミ用紙に書いたことと、実際のウサギの殺され方が同じだったのは偶然で、影山君という子が、彼に似ているのだって偶然だ。

だけど、そんなことあるだろうか。私の心はざわざわしていた。本当に全部偶然なのだろうか？

もしもあの「彼」が、みんなが言っている影山君だとしたら？


考えているうちに、向坂先生が教室に戻ってきた。

「今日はもうこれで解散」

待ちわびていたその言葉に、みんながワーッと声を上げた。

「犯人はやっぱり影山だったんですね？」

「あいつ、どうしてそんなことしたんですか？」

「影山は警察に捕まるんですか？」

矢継ぎ早に飛ぶ質問を遮り、向坂先生は言った。

「まだ彼だと決まったわけじゃないわ。とりあえず、これから本人と話すことになったから、明日詳しく報告します」

私たちを疑ったことなんて、なかったことになっている。それどころか「みんな、気をつけて帰るのよ」と教師らしく締めくくって向坂先生は去っていった。

「やべ、塾の時間だ」

誰かが時計を見て言った。それを皮切りにクラスメートたちは一斉に帰る準備を始めた。みんなはみんなで、せりなを生贄にしようとしたことをすっかり忘れてしまったようだ。世の中は都合よく回っていく。

せりなもまた、何もなかったかのようにカバンを手にし、ウサギのキーホルダーを揺らしながら教室を出ていく。当然、私を見ることはない。「バイバイ」とか「あとでね」という言葉をかけるなんて、私たちにはありえない。

こっそりせりなの背中を見送っていると、「一緒に帰ろう」と成瀬さんたちが声をかけてきた。

「ごめんね。今日は一緒に帰れない」

いつもなら絶対断らない私がそう言ったので、成瀬さんは微妙な顔をした。

でも、今の私はそれどころじゃなかった。

職員室を覗き込むと、「お願いだから、本当のことを教えて」という向坂先生の声が聞こえてきた。衝立《ついたて》の向こうの応接スペースに、例の「影山君」がいるらしい。

そんなわけない。ありえないと思いながらも、鼓動がどんどん早くなる。

万が一、「彼」だったらどうしよう。影山君という子が、ひとりぼっちの私を助けてくれたあの彼だったら。

私は、ゆっくりと衝立の方へ向かっていった。この目で確認するまで帰るわけにはいかない。そして、もしもそこにいるのが彼だったら、私は先生に本当のことを言わなければいけない。あの用紙に書いたのは私で、内容はでたらめだったと。そうじゃないと、彼が犯人にされてしまう。同時に、私は彼を失ってしまうことになるのだ。そんなの嫌だ。絶対に。

「僕じゃないんです！　知りませんって！」

泣きじゃくる男の子の声がして、思わず足を止めた。

「でも、あなたを見たという証言がたくさん出ているの」

「だから知らないってば！」

悲鳴のような声だが、それでも判断するには十分だった。私は、衝立の向こうを見るまでもなく、踵《きびす》を返した。

あの子は「彼」じゃなかった。よかった。本当によかった。これで私は、せりなのことも彼のことも裏切らずに済んだ。

安心したと同時に、彼のことが今まで以上に気になってきた。彼はなんていう名前なんだろう。どうしていつも私に寄り添ってくれたんだろう。

校庭脇を歩き、校門に向かっていた私は、ハッとして立ち止まった。運動部の部室前、ベンチに腰かけてゲームをしている彼がいたのだ。公園以外で彼を見るのは初めてだった。

私は、無我夢中で彼の元に駆けよった。

「あのね、私、あなたのことを書いたの。せりなを助けたくて！」

彼はゲームを止めて、私を見た。

「うん」

そんなのどうってことない、という感じだった。

「そしたら、別の子が犯人になっちゃったの」

「うん」

「どうしてあの子が犯人になったのかな」

「ちょうどよかったからじゃない？　はけ口として」

「はけ口？」

「言いたいことが言えなくて苦しい時に、頼っていい存在。それがはけ口」

彼はいつものように笑顔を浮かべて、続けた。

「人が生きるにはそういう、都合のいい存在が必要だ。そうだろう？」

私は彼の姿を観察した。制服ではなく、いつもの私服姿だった。

「背が高くて、体は細くて声が低くて、黒字に黄色の線が入ったジャージのパンツをはいていて、だぼっとしたジャンパーの背中には英語の刺繍が入っている。手にはリュックにもなる青いスポーツバッグ。頭の野球帽は、海外の野球選手がかぶっているような黒字に白いロゴが入ったもの」

私がタレコミ用紙に書いた特徴そのままだ。でも、今まで会っていた時もこんな風だったっけ。なぜかよく思い出せなかった。

私は地面に置かれた彼の青いバッグに目をやった。妄想では、彼はその外ポケットから裁ちばさみを出して、ウサギの耳を切り落とした。そして今、ファスナーが閉まり切らないポケットの口から、裁ちばさみの取っ手らしき輪っかが覗いている。

私は後ずさりをして、言った。

「もう来ないで」

声が震えた。どうしても感情が追いつかないのだ。私があのタレコミ用紙に書いたことは、現実だったのだろうか？　だとしたら、この子と一緒にいてはいけない。

しまいに、私は背を向けて走り出した。そして校門の前まで一気に走ってから、立ち止まり、おそるおそる振り向いた。もう一度だけ、彼の姿を見たいと思ったのだ。

そこにはもう、彼はいなかった。


「あなたも私を裏切るかと思った」

その夜、マンション前の公園で、せりなが私に言った。

「私がせりなを裏切るわけないじゃん」

私は堂々とそう言い返した。せりなを便利使いしておいて、どの口が言うんだと我ながら思ったけど、今日ばかりは友達面《づら》してもいい気がした。

「せっかく盗んだのに、これ、使えないね」と、せりなはカバンからウサギ小屋の鍵を出した。服を汚さずにいつでもウサギを持ち出せるよう、二週間前に二人で盗んだ鍵だ。

「パンダちゃんもクマちゃんも、もう会えないんだね」

せりなは寂しそうに言った。

「でも、せりなと会えるから、私はいいよ」

私の言葉に嘘はなかった。さっきの犯人探しで、自分にとってどれだけせりなが大事か思い知ったのだ。

私は自分のリュックからお菓子を出した。せりなは家から持ってきた水筒から温かいお茶を淹《い》れてくれた。公園の遊具の中は、いつも以上に安全な秘密基地に思えた。よかった。この場所を失わずに済んで。せりなと会えてよかった。きっとせりなも同じ気持ちだろう。私は知っているのだ。今日はせりなの両親が家にいる「大当たりの日」だと。なのに、せりなはここで私に会う方を選んでくれた。こんなことは初めてで、とても嬉しかった。シークレットフレンドなんて今日で終わりにしよう。明日からは教室でも、堂々とせりなに話しかけよう。私はひそかにそう誓った。

「私ね、今日は謝りたくてここに来たの」

ふいにせりなが切り出した。

「何？」

「お兄ちゃんが退院したの。これからは、お兄ちゃんずっと家にいられるんだって」

ドクンと私の心臓が鳴った。

「だから、お母さんも毎日家にいることになったの。だから」

ドクンドクン。心臓が早鐘のように鳴っている。

「私、もうこの公園には来れないの」

せりなは悲しそうに言った。というか、悲しそうな顔を作って言った。もう公園に来れない？　そんなの嘘だ。来れないんじゃなくて、来る必要がなくなっただけ。

「ごめんね」

せりなに謝られた瞬間、気持ちが悪くなった。のどに何か黒い物が込み上げてくるようだ。泥んこ遊びで作った泥饅頭《まんじゅう》のような黒い塊がつまっている、そんな感じだ。

「どうして？」

と、私は聞いた。

「どうしてそんなこと言うの？　私はここまでしたのに」

「ここまでって？」

せりなは困った顔をした。それは、と説明しようとしたけど、言葉が出てこなかった。ここまでって、何だろう？　私はせりなのために何をしたんだっけ。しいて言えば、せりなのお兄さんの不幸を願わないように、サイテーな自分にならないよう頑張っただけ。でも頑張ったって、何をどうしたんだろう？　どうして私が裏切られた気がするのだろう。ダメだ。うまく言葉にできない。

せりなは私を見て、もう一度、すまなそうに言った。

「ごめんね」

違う。そんな言葉、聞きたくない。私は耳をふさぎたくなった。

助けて。

心の中で叫んだその時、「夕焼け小焼け」のメロディが聞こえてきた。そして、すでに忘れかけていた「彼」の姿が頭の中によみがえった。いつもこの曲が終わると同時に彼が現れる。もうすぐ足音が聞こえてくるはずだ。

「この音楽が聞こえるとね、もう一人の友達が来るの」

「音楽？」

せりなはきょとんとした。

「何も聞こえないよ」

そうだ、この音楽は空からじゃなくて、私の頭の中から聞こえてくる。足音も同じだ。ざっざっざっと、砂を蹴って走る音が、頭の中でどんどん大きくなってくる。

もうすぐ彼が、ここに来る。

「ねえ、大丈夫？　顔、まっしろだよ」

そう言うせりなの手を振り払って、私は遊具を飛び出し、全力で駆け出した。

「俺をはけ口にしていいよ」

あの言葉通り、私は彼をはけ口にしていたのだ。サイテーな自分にならないように。そして狩りをするゲームを楽しんだ。まるで自分がその場にいて、体験しているかのように。

そう、あれはゲーム。なのにこの手によみがえる感触はなんだろう。ウサギの鳴き声、飛び散る毛、鉄っぽい血の匂い。ぬめっとした手触り。

その時、また彼の声が響いた。

「言いたいことが言えなくて苦しい時に、頼っていい存在。それがはけ口」

世の中、聞きたくないことだらけだ。耳をふさぎたくなることだらけ。だから、私はあの時も耳をふさいでいた。二羽のウサギが死んだあの夜は、お母さんが家を出て行った日だった。何も聞かなくて済むようにとふさいだ私の耳に、彼の声が聞こえてきたのだ。

「代わってあげよっか？」

背負っていたリュックがずしんと重くなった。お兄ちゃんからもらった青い2WAYバッグ。見なくても分かる。外ポケットに、お母さんの裁縫箱から抜き取った裁ちばさみが入っている。

頭の中で足音がさらに大きくなってくる。急がなければ。

私は少しでもせりなから離れようと、全力で走った。

せりなを殺してしまわないように。

山口優
山月奇譚

第6話
Feat. 中島敦『山月記』

あれは新型感染症が流行る前だったから、おそらく三年ほど前のことだったと思う。

そのとき短編を依頼されていたA出版社の編集の袁田《えんだ》氏から、打ち合わせの打診があった。私は全く構想が思いついておらず、気が進まないながら、渋々と打ち合わせに顔を出したのを覚えている。

「なるほど。ネタに詰まってるわけですか」

彼女は言った。入社一年目の新人と自己紹介されていたが、短編企画を任されるのだから有能なのだろう。銀縁の眼鏡がトレードマークの、クールな印象の女性であったが、ネタを提供してくれようというのだから優しいところもあるのだろう。

「お恥ずかしながら……」

私はうなだれた。

「では。これはネタになるかどうか分かりませんが……。山口さんはご存じと思いますけど、最近Vチューバーって流行ってるじゃないですか」

ちょうどやってきたコーヒーを一口飲みつつ袁田氏は言う。

つまり、このネタは三年ほどお蔵入りになっていたものなのだが、それでもよければお付き合い願いたい。

結局、このときの企画はその後取りやめになったので、当時のネタを今、再利用させてもらっているわけだ。

渋谷の駅前から少し奥まったところにあるカフェであった。時間は午後遅く。十六時頃。私はいつも夜明けごろまで物書きをしているから、寝て起きて出かけるとだいたいこの時間になる。

「ええ、流行ってますよね。最初は個人勢がたくさんいたけど、今は企業勢も多い印象です」

私は相づちを打つ。ＳＦ作家という職業上、社会の新しい動き――特に科学技術に関わるものには敏感だ。

「そうなんですよね。今は有名Vチューバーだと何十万人もチャンネル登録者がいて、なかなかコメントしてもちゃんと見てもらえないんですけど。一年ほど前はもっと和やかでしたよねえ。例えば、全部のコメントをちゃんと読んでくれるとか」

「ですね……」

私はまた、適当に相づちを打った。まだ寝起きで当意即妙な言い回しが頭に浮かんでこない。

「でも気をつけた方が良いですよ。コメントが思わぬ結果を生むこともありますから」

彼女は声を低くして、言う。

(ようやくネタを話してくれるのかな？)

私は身を乗り出す。

「これは一年前、私がまだ学生だった時の話なのですが……」

袁田氏は、ことの顚末《てんまつ》を語り始めた。

「あれは、『私』が学生だった頃です。肌寒い季節でしたね……」

†

まだ肌寒い季節だった。

貧乏学生だった『私』は、エアコンの電気代を節約するため、毛布にくるまってぼんやりとネットサーフィンをしていた。

既に卒論は書き終え、入社予定のA出版社から出された内定者課題（若い読者層を開拓するための新しい企画を提案せよ、というものだった）について、根を詰めて取り組んでいるところであった。

漸《ようや》く企画の形が見え始めたところで、私は何気なしに動画サイトYouTubeを開いた。流石に気疲れし、息抜きが必要だと感じたのだ。

『新人トラミミVチューバー　RI☆CHO初配信！　ファンネームとイラストタグ決めるよ！　来てね！』

そんな動画のサムネイルが目に入った。黄色と黒のしましまのケモミミをつけた美少女が画面の右下から「がおー」と言いつつ顔を出している。

「トラミミかあ……面白いな。でもＲＩ☆ＣＨＯってなんだ？　真ん中に☆なんてセンスが十年は古いぞ？」

私は軽く突っ込みを入れながらその動画を開いた。

ちょうど、配信が始まったところであった。

「こんばんトラ！　たくさん来てくれて嬉しいトラー！」

（語尾がトラかよｗｗｗ）

（せめて「がおー」とかにしろ。ネコミミのやつの語尾が「ネコ」っていうようなものだぞ）

（かわいい）

（初カキコです）

（みんなそうだろ）

どっとコメントが流れ出す。

当時はＶチューバーといえば３Ｄだった。このＲＩ☆ＣＨＯも３Ｄアバターだったが、ぬるぬるとよく動き、背景も作り込んであった。

アバターは、バニーガールの虎版というイメージであった。虎の耳に蛍光オレンジの髪、虎縞の柄のバニースーツと黒の蝶ネクタイ。ぬるぬる動くだけでなく揺れるところも揺れる。相当に高い技術力のアバターであった。

更に背景も凝っており、まるで李白か杜甫の詩に出てきそうな唐代の中国風の戯画化された山野であった。

渦巻きの雲、尖《とが》った山、そしてその手前の森の中の広場に、ＲＩ☆ＣＨＯがいる。

「みんな沢山のコメントありがとうトラ！　この語尾はＲＩ☆ＣＨＯの個性なので許してほしいトラ！　タイガーにする案もあったけど流石に長すぎるのでトラにしたトラ」

（そもそもなんでトラミミ？）

（長くてもいいからタイガーにしろ）

（アバター自作？　誰かに作ってもらったの？）

「トラなのはＲＩ☆ＣＨＯの中の人が寅年生まれだからトラ！　あ、違うトラ。中の人なんていないトラ。ＲＩ☆ＣＨＯはバーチャル世界の山奥で生まれた生粋のトラミミ美少女で、年齢は三歳トラ。人喰《く》いトラなのトラ！　怖いのトラ〜！」

早口で言い訳じみたことを言い出す。ついでに人喰いトラなどと物騒なことも。だが、その声は、よく通る、はきはきした活気がある声で、愛らしい柔らかさもあった。

待てよ、と私は考える。その声にはどうにも聞き覚えがあったのだ。そう、高校時代の同級生、泰賀李徴子《たいがりみこ》の声に。

「その声は、我が友、李徴子ではないか？」

そう、思わず書き込んでしまったことを私は今でも後悔している。コメントの流れが速く気付かれないのではないかと思った。驚きが大きく反射的に書き込んでしまったのだ。

私は見た。トラミミ美少女アバターが目を見開いた様を。

黄色地に黒の光彩が入ったその瞳が、まじまじとこちらを見ているような気がした。

「あれ？　配信環境が悪いトラ！　ごめんトラ！　今日はご挨拶だけで、明日同じ時間にもう一度配信やり直すトラ！」

ＲＩ☆ＣＨＯは急に早口で言った。そして、配信が突然、ぷつんと切れた。

（おいおい、しっかりしろよ）

（気にしないでー）

（明日の同じ時間ね、楽しみにしてる！）

（おつかれトラ）

（おつかれトラ）

（さよならトラ）

コメントが流れていく。

それから数分経ったころか。

急に、私のスマホが振動した。

とりあげてみると、ＬＩＮＥに一件、メッセージが入っている。

その名は、泰賀李徴子。

「書き込みをしたのはあなたトラ？＠八王子」

ぞくっとした。

そういえば私のYouTubeのアカウント名は、Googleアカウントと連動していたから、私の本名だったのだ。それで書き込んだから、李徴子の名前を明かした人間の名前は李徴子には明確に分かったことになる。

「ごめん！　本名を言ってしまうつもりはなかった。あの配信動画は削除すればいいと思う……」

「もう遅いトラ。誰が見ているか分からないトラ。それにサナが知ってしまったのは確かトラ。RI☆CHOはバーチャルで新しい人生を歩むことにしたトラ。全てを捨てて挑戦しているトラ。過去を知っている人間は要らないトラ＠日野」

怖い。

何が怖いって、配信が終わったのに「トラ」という語尾を維持している点が怖い。＠の後に自分が今いる位置？　をわざわざ書いてくるところが、意味不明で怖い。

「全てを捨ててって、どういう意味」

四年前、李徴子は最難関大学に入学した、はずだ。それ以来音沙汰無しだったが、学生生活が忙しいのだと思っていた。ちょうど今の時期、私と同じく卒業を間近に控えているはずだ。

全てを捨てるとはどういう意味なのか。Vチューバーをやるとしても、それも仕事だろう。

何を捨てるというのか。

「李徴子は大学に馴染めなかったトラ……。大学の勉強は面白かったけど、人間関係はつまらなかったトラ……。高校時代が懐かしかったトラ……@立川」

李徴子らしい、と私は思ってしまった。

李徴子はいつも静かに勉強している印象が強く残っていた。李徴子にとっては、大学はもっと勉強しに行く場所で、それ以外の人間関係はうざったかったのだろう。

私も李徴子の友人であっただけあって、静かに本を読んでいることが好きなタイプの人間である。しかし私には同時に緩いところがあって、適当に他人に合わせていくこともできた。

それができない李徴子の性質《たち》では、クラス内で孤高の存在を保っていれば良い高校時代の狭い人間関係から、否応《いやおう》なく広く多様になる大学の人間関係はつらかったろう。

「どうせ人間関係がつまらないなら趣味の小説でも書いておこうと思って書いてきたトラ。でも自分で納得できる小説はついにできず……気付いたらみんなインターンに行っていたトラ。そんなこと誰も教えてくれなかったし、完全に出遅れたトラ」

私にとって李徴子は特に付き合いづらい性格の人間ではなかった。だがそれは、彼女と濃密な時間を過ごすことができて初めて分かることで、新しい人間関係の中では皆が付き合いづらいと思ったに違いない。

「小説……書いてたんだ」

私も李徴子も、昔から本を読むことが好きだった。それが高じて高校時代から、いろいろと自分達で小説を書いては読み合っていたが、李徴子は大学になってからもそれを続けていたようだ。

「全然知らなかった」

私はそうLINEでメッセージを送った。

「知らなくていいトラ。どうせ良いものは書けなかったトラ。しょうがないから就職するしかないと思った時には完全に出遅れていて、だんだん心が不安定になってメンタルクリニックに通い始めたトラ@西国分寺」

「——そうだったの。つらかったわね」

私はそう返信した。

だが私には李徴子が本当に良いものが書けなかったのか、疑問であった。李徴子は私などより遥《はる》かに才能があった。小説賞に応募はしたのだろうか？

いや。

李徴子は、良い言い方をするなら完璧主義者、悪い言い方をするなら他人の評価を恐れる風なところがあった。

高校時代にも、気を許している私以外には一切小説を見せていないと言った。

「君とは小説仲間だから。でももっと他の人に見せるには、私はまだまだ未熟すぎる。そのうちうまく書けるとは思うけど」

いつもそう言っていた。

李徴子も私も、自他共に認めるおとなしい性格だ。だが、李徴子は、私よりも如才なさが足りず、狷介《けんかい》な性格という印象があった。私は、李徴子と衝突しない性格ということで、傍《そば》にいて落ち着ける、便利な人間だったのかも知れない。

その私とも没交渉にしてしまったのだから、大学時代の李徴子は誰にも小説を見せなかったのだろう。

だとすれば、あのトラミミ美少女Vチューバーも誰にも頼らずにやったに違いない。

あのトラミミ美少女は良い出来だった。企業勢でもあんな風にぬるぬると動いたり、身体のパーツをいろいろと揺らしたりするのは大変だろう。それをいとも簡単にこなし、しかも発音もきれいで、聞き取りやすい。相当ボイストレーニングもやったのだろう。

全部一人でやっているのだとしたら、なんという才能だろうか。

私がコメント欄で彼女が李徴子であることを指摘しなければ、初配信も大成功し、ぐんぐんチャンネル登録者が伸びていったのではないだろうか。

私は、申し訳ないことをした、という思いを抱えつつ、LINEを見る。私がいろいろ考えている間に、結構時間が経っていたが、李徴子からの返信はない。

李徴子の精神状態は今、どうなっているのだろう。私へのメッセージにも「トラ」をつけるということは、「人喰いトラ」を演じているままのつもりなのか。＠の後に地名をつけるのは、人喰いトラというペルソナの奇矯《ききょう》な性格を反映した演技なのか。

いずれにせよ、それが中央線に沿って徐々に迫っているのは気になる。

そして――。

「……あれは去年の夏だったトラ。そろそろ身の振り方を考えなければならなくなったトラ。小説はうまくいかないんだから、公務員試験を受けるとか、企業にインターンに行くとか、そういうことを考えなければならないと気付いたトラ」

李徴子がやっとメッセージを送ってきた。

「でもそれには遅すぎるのトラ。本当は一昨年の夏から準備してなきゃいけなかったのトラ。もともとそれに向けて準備していた連中にかなうわけないのトラ。そうしたら、もう全てを捨てたくなったトラ。ある夜のことだったトラ。その日も家族から将来について考えるように厳しく言われて、部屋に籠もっていたトラ。月が見えたトラ。何かに呼ばれているような気になったトラ。気付いたら、預金通帳と荷物を持って家を飛び出していたトラ＠高円寺」

それから、李徴子は大学にも行かず、実家とも連絡を取らず、八王子のアパートを借りて暮らし始めたという。

家出したときに持ち出した貯金を食い潰していく不安定な生活のなか、ひょんなことからVチューバーが流行っていることに気付き、残りの貯金をはたいてVチューバーになることを選んだという。

「なるほどね……。それはそれで人生の選択だと思うけど……。秘密にしていてほしいならそうするよ？　友達でしょ？」

私は親しみを込めたメッセージを送った。李徴子は孤高の人間だ。だが、私にとっては李徴子は高校時代からの親しい友人だ。その親しみの心は私の中では消えていない。

「RI☆CHOに友達はいないトラ。人間は全部えさトラ。食べるだけトラ@中野」

「ねえ、@のあとにつけてるのなに？」

私はついに我慢できなくなって訊いてしまった。それが徐々に迫ってきている、という事実が、だんだんと気になってしょうがなくなってきた。

「たぶん……RI☆CHOの心は昔からトラだったトラ。人間と親しく交わることが昔から怖かったトラ。きっと、自分が馬鹿にされるのが怖かったのトラ。臆病な自尊心というトラが、李徴子の中にあったのトラ……。だから外見もトラになってしまったトラ……。今では人間だった頃の記憶も忘れて、夢中でトラミミVチューバーになりきっていることも多いトラ@新宿」

李徴子は私の疑問には答えず、淡々と述懐を続ける。

「いや外見は今でも人間でしょ。トラミミなのはバーチャルの世界だけでしょ。なりきってて偉いと思うよ？　ところで@のあとにつけてる地名っぽいのは何？　今いる位置なの？

なんで近づいてくるの？」

李徴子の境遇には同情できる部分もあったが、今は＠のことが気になってしょうがない。

人喰いトラ。

過去を知る人間は要らない。

ところどころに挟んでくる単語にも危険な香りが混じる。

トラ、というのは李徴子にとっては自省を込めた自称なのだろう。

臆病な自尊心——言い得て妙だ。人と交わるからには、きっと人よりも劣るところがある。

全てにおいて他者に卓越することなどできない。

私、という主語で他者と交わるとき、いつも人はそのトラを飼い慣らす覚悟を試される。

『私』はぼんやりとした如才なさでそれを回避してきたが、自らに恃《たの》むところ大な李徴子には、きっとそれは難しかったのだろう。

「トラの心を持ってしまったＲＩ☆ＣＨＯには、もうトラとしてバーチャルで生きていくしかないトラ。でも過去を知る人間が一人できてしまったトラ。サナは良い友人だったトラ。優しかったトラ。ごめんトラ＠御茶ノ水」

「なぜ謝るの……？　そこは私の最寄り駅なんだけど、どういう意味なの？　教えないともう返信しないよ」

私はついに、強く答えを要求した。

それから、李徴子はメッセージを送らなくなった。

正確には、@より前の、意味ある言葉を送らなくなった。

「@御茶ノ水駅改札」

「@茗渓《めいけい》通り」

「@聖橋《ひじりばし》交差点」

(こっちに向かってきてる……！)

私はスマホを取り落とした。慌てて拾う。ドアの鍵を調べる。

(閉まってる。大丈夫……)

何が大丈夫なんだろう？

まさか、李徴子が私に何かしに来たとでも？

(いや、単に話を聞いてほしくて私の所に来ただけかも)

でも、だったら、普通は「今からそっちに行っても良い？」とか聞くものではないか？

なぜ何も言わず、@で自分の居場所だけを告げるのだろう。

私は窓の方に行った。窓の鍵も——。

(大丈夫。閉まっている)

「@窓の外」

ついにメッセージが来た。

「窓を開けてトラ。今のＲＩ☆ＣＨＯの姿を見てほしいトラ＠窓の外」

「いや、待って。来るなら普通に玄関から来てよ。なんで窓の外なの？」

「開けてくれないトラね……。だったら実力行使トラ＠窓の外」

そのメッセージと同時に、きいきいと、窓のガラスを削る音がした。

きいきい。

きいきい。

（……窓に穴を開けて入ってくる気だ……）

私はおそるおそるカーテンを少しだけ開いた。

そこに、ＲＩ☆ＣＨＯがいた。

断じて李徴子ではない。

なぜなら彼女は、コートの下に、ＶチューバーＲＩ☆ＣＨＯのコスチュームと同じようなトラ柄バニースーツを着て、トラミミもつけていたからだ。

目は血走っており、手にはマイナスドライバーを持っていた。それで、鍵のところを削っていたのだ。

きいきい。

きいきい。

「こんばんは、トラ」

ＲＩ☆ＣＨＯが言った。人喰いトラが。悲しそうな顔で。背中には、バールのようなものを、たすき掛けに背負っていた。

李徵子は思い詰めていたのだ。

秘密を知る私を生かしておけないと思ったのだ。

「ひぃ……」

『私』は、尻もちをつき、気を失った。

†

「それから……？」

私、山口は、若干身を乗り出して、袁田氏に尋ねた。

「知りたいですか？」

袁田氏は謎めいた笑みを浮かべた。

「ホラーというものは、主人公が無事だと分かると途端に面白さがなくなるものです。あ、そうだったんだ、無事だったんだね。じゃあ怖くないね、と。でも、ホラーで被害者が死んでしまったら、語り手は生き残った方、そう、加害者の方になってしまう。そこが難しいところです」

袁田氏は眉根を寄せた。

「ええ、まあ、そうですね、残念ながら」

私が曖昧に笑いながら言うと、袁田氏はじっと、真顔で私を見つめた。

「『私』の話には、二つ、ウソが混じってます」

「ええ？　どこです？」

私は驚いて尋ねた。

「そうですねえ……。『泰賀李徴子』なんて名前の子が本当にいると思います？」

「ああ、そこですか。ご友人の名前ですものね。Ｖチューバーをやっていらっしゃいますし偽名にするのは当然です。それでもう一つは？」

「秘密です。でも、さっきの『李徴子』という名前がウソだったことと関係してるとだけ言っておきましょう」

袁田氏は言い、それから口をつぐんでしまった。私はシンとした雰囲気に耐えきれず、作り笑いを浮かべる。

「いやいや、でも、すごいネタですよ。ありがとうございます。できるだけ面白く加工してみますね」

私はお茶を濁すように言った。

「まあ、今の山口さんの印象では、結局面白くなかった、ということになってしまうんでしようね」

　袁田氏は淡々と言った。

「それで、その泰賀さん——いや、Vチューバーをやっていたご友人は、まだVチューバーを続けているんですか？」

「いいえ、すっぱりと諦めて他の仕事をしているんだとか。出版関係らしいですね」

　それから彼女はコーヒーの残りを飲み干し、じっと私を見つめる。

「一つだけ約束してください。この話に興味を持ったとしても、RI☆CHOをYouTubeで探さないこと。あなたがそれをしてしまったら、きっとよくないことが起こります」

　袁田氏は不思議な笑顔をした。底の見えない、不思議な笑顔を。

「ええ、分かりましたよ。ネタ元をわざわざ確認するまでもないですからね」

　私は気圧《けお》されて、そう答えざるを得なかった。

　渋谷の喫茶店の窓の外を見ると、既に日はとっぷりと暮れていた。

　帰り道、私は袁田氏の最後の奇妙な笑顔がずっと気になっていた。結局、『泰賀李徴子』——という偽名で語られた袁田氏の友人——と袁田氏はどうなったんだろう。あんなに攻撃的なメッセージを送り続け、バールのようなものを持って、マイナスドライバーで窓をこじ開けようとした『泰賀李徴子』は、袁田氏に本当に何もしなかったんだろうか？

†

「こんばんトラ！　たくさん来てくれて嬉しいトラー！」

（語尾がトラかよｗｗｗ）

そうコメントが流れる。

私、山口は、帰ってからＲＩ☆ＣＨＯの初配信というのを見ていた。袁田氏にはああ約束したが、好奇心に負けてしまったのだ。

「ＲＩ☆ＣＨＯ☆ちゃん☆ねる」は、初配信の動画一つだけのコンテンツだったが、未《いま》だ残存していた。

（本当にあったとは……）

私はコメントをしばらくじっと見ていた。

そして、突然配信がぷつりと止まる。

「あれ？　配信環境が悪いトラ！　ごめんトラ！　今日はご挨拶だけで、明日同じ時間にもう一度配信やり直すトラ！」

ＲＩ☆ＣＨＯがそう言って、止まったのだ。若干遅れて、コメントが流れてきた。

その中に、やはり、ＲＩ☆ＣＨＯの正体を指摘するようなコメントがあった。

「その声は、我が友、袁田サナではないか？」

コメントは、そう言っていた。

そこで動画は終わっている。

（なんだって……『袁田サナ』……？）

私は驚愕する。そして、ＲＩ☆ＣＨＯの声。明らかに聞き覚えのある声だ。

（……この声）

私は、夕方、渋谷の喫茶店で相対していた編集者の声を思い出していた。

（……演技でかわいく作っているが、間違いない。袁田氏の声だ）

つまり、ＲＩ☆ＣＨＯを演じていた、『泰賀李徴子』が、今の袁田サナだということになる。

よく見ると、ＲＩ☆ＣＨＯの声が袁田サナだと指摘するコメントの名前は、勿論《もちろん》『Ｓａｎａ Ｅｎｄａ』ではない。

（じゃあ、ここで書き込んだ人物はどうなったんだ？）

私はそこで気付いた。

袁田氏は、ウソは二つあると言っていた。

一つは、泰賀李徴子というのが偽名であること。

もう一つは何だったんだ？

そこで『私』は、脳裏にぱっと恐ろしい考えが閃《ひらめ》いた。

（ああ、そうか、『私』というのがウソだったんだ。……袁田サナは、加害者と被害者の視点を入れ替えて語っていたんだ……）

そのとき、ＬＩＮＥからメッセージが来た。袁田氏だ。

「もう気付きましたよね、山口先生？@窓の外」

窓から音が、した。

きいきい。

きいきい。

『名著奇変』作品解説

SIX HORROR MYSTERIES, Revived From Masterpieces.

小説紹介クリエイター　けんご

Novel Introduction Creator
Kengo

"Meicho Kihen"
Description of the Novels

「若者の活字離れ」という言葉が使われるようになりました。

この言葉は嘘です。

少なくとも、ＳＮＳを使って小説紹介をしている僕はそう思います。

事実、僕の投稿をきっかけに小説を読み始めたという方からのメッセージは、数えきれないほどいただきました。「うちの娘が突然小説を読み始めました。きっかけは、けんごさんの投稿です」このようなメッセージを、中高生のお子さんがいらっしゃる親御さんからいただくことも少なくありません。

要するに、「若者の活字離れ」ではなく「読むきっかけがない」ということなのです。

潜在的に活字に触れてみたいという欲があっても、そのきっかけがあまりにも少なくなっているのです。スマートフォンやSNSの普及により、エンタメが飽和状態になっていることも関係しています。

誰もが知るような、文豪たちの名作と呼ばれる文学作品であれば尚更《なおさら》です。どうしても難しいというイメージが先行してしまって、手を出しづらくなっている印象があります。

そのような作品は、国語の教科書に掲載されていることも多々あります。ただ、あくまで授業の一環で読む程度なので、半ば強制的な読書になってしまいがちです。実際、授業を通して強い印象が残っている作品は多いとは言えません。娯楽としての魅了を伝えようにも、薦める側も受け取る側も、少々ハードルが高いように思えます。

そんな中で、最高のきっかけになってくれる作品と出会えました。

それが『名著奇変』です。

本作は、文豪たちの名作をモチーフに書かれたホラーアンソロジー作品です。現代風にアレンジされており、普段活字に馴染みがない方でも、存分に楽しめる内容になっています。

『名著奇変』を読んで真っ先に思ったことは、この作品は二度楽しめるということです。

名作をモチーフに書かれているということは、もちろん元になった文学作品があります。本書収録の第1話『SNSの中の手紙』を例にすると、この作品は葉山《はやま》嘉樹《よしき》氏が書いたプロレタリア文学の代表とも呼ばれる『セメント樽の中の手紙』が現代風にアレンジされています。

つまり、読み比べができるということです。二度楽しめるということなのです。それも、ただの読み比べではありません。現代人に親しみやすく書かれた物語で内容を把握することにより、古典ともいえる作品を限りなく気軽に楽しめるようにしてくれているのです。

これこそがまさに、読書のきっかけになると思います。難しいイメージがある文豪作品を、読もうと思えるきっかけになるのです。

申し遅れましたが、『名著奇変』の解説を書かせていただくことになりました、小説紹介クリエイターのけんごです。普段はTikTokやInstagramなどのSNSを使って、さまざまな小説を紹介しています。

まずは僕からのお願いで、もし『名著奇変』に収録されている全6話のモチーフとなった作品を未読であれば、ぜひ読んでいただきたいです。6作品とも著作権が切れているため、ウェブサイト「青空文庫」から検索すると、お手持ちのスマートフォンやパソコンで読むことができます。もちろん、紙の本でも読むことができるので、気になる作品があれば、ぜひとも書店でお手に取ってください。『名著奇変』を読んだあとならきっと、心から名作と呼ばれる日本文学を楽しむことができるはずです。

それでは、一作品ずつ感想・解説を進めていきます。ここからは本編の後にお読みください。

まずは、第1話『SNSの中の手紙』です。先ほどの例にも出しましたが、この作品は葉山嘉樹氏によって書かれたプロレタリア文学『セメント樽の中の手紙』がモチーフとなっています。

プロレタリア文学を一言で説明すると、労働者の厳しい現実を描いた文学作品です。『セメント樽の中の手紙』では、セメントを樽からミキサーに移す作業を低賃金でこなしていた労働者が主人公となっています。あるとき、彼は樽の中に木箱が入っているのを見つけるのです。その木箱の中に手紙が入っていました。

手紙の内容をごく簡単に要約すると、次のような内容になります。

「十月七日の朝、私の恋人は仕事中の事故に巻き込まれ、セメントになってしまった。

あなたが労働者だったら、セメントになった恋人がどこに使われたか教えてくれ」

これが『SNSの中の手紙』では、題名の通り恋人を人身事故で失った女性からのダイレクトメッセージになっていました。

現代では、手紙という文化が薄れつつあります。その代わり、SNSが急激に普及し、より手軽にメッセージのやり取りができるようになりました。いまやスマートフォンありきの社会になっていると言っても過言ではありません。

ただ、便利になった反面、言葉で人を傷つけやすくなったのではないかと思います。最近では誹謗《ひぼう》中傷や炎上を、目にあまるほど見かけるようになりました。

『SNSの中の手紙』は、名作をモチーフにしながらも、現代人への注意喚起も含むような、メッセージ性の強い物語です。特にラストシーンは、読者をぞっとさせますね……。

第2話の『影喰い』は、谷崎潤一郎《たにざきじゅんいちろう》氏の代表的な随筆である『陰翳礼讃《いんえいらいさん》』がモチーフとなっています。

『陰翳礼讃』は日本特有の美意識を論じた随筆です。この作品が発表された一九三三年辺りは、日本人の美意識が西洋近代化によって、徐々に変化していった年代だと言われています。その変化を簡単に説明すると、薄暗い空間に風雅があるとされていた文化が、西洋の白を基調とするきらきらした文化に変化し始めた、というものになります。

例えば、現代で当たり前となった洋式のトイレは、国産のものが一九一四年に開発されました。谷崎氏の随筆では、西洋と日本の違いはトイレが象徴的だと綴《つづ》られています。

変化なくして進歩は生まれにくいのかもしれません。ただ事実として、国民ならではと言える美的感覚を手放すことを代償に、近代化を図った国が日本なのです。『陰翳礼讃』は経済成長のためだとはいえ、本当に手放していいのか、という問題提起をしている随筆だと言えます。

谷崎氏の随筆をモチーフにした『影喰い』は、人間が抱える闇の部分を丁寧に描いた物語です。ある一家の過去に起こった悲劇の謎が、徐々に紐解《ひもと》かれていきます。

現代と過去の価値観の違いや、暗い印象を与える背景描写など、まさに『陰翳礼讃』をモチーフにしていることが見受けられる箇所がありました。

双方を照らし合わせながら読むと、『影喰い』の恐怖がさらに際立つはずです。

続いて、第3話『Under the Cherry Tree』について。こちらは、梶井基次郎《かじいもとじろう》氏の名作『櫻の木の下には』がモチーフとなっています。

「桜の樹の下には屍体が埋まっている」という書き出しは、知っている方が多いのではないでしょうか。日本の国花である桜は、その美しさ目当てに観光客で溢《あふ》れてしまうほどの魅力を持っています。

ただ、梶井氏にとっての桜は、ただ美しいと感じるだけではなく、その美しさを信じられないものだと思わせ、不安で憂鬱な気持ちにさせました。生と死、美と醜が隣り合わせにあるとして、不安や憂鬱に襲われた心境をそのまま作品として残したのが、『櫻の木の下には』になります。梶井氏は「美しさと死は繋《つな》がっている」と結論づけました。

『Under the Cherry Tree』は、梶井氏が桜に対して感じていたことを、学校を舞台に青春ホラーとして描いた作品です。主人公が学校生活に対して感じていた喪失感、そして物語のキーマンとなる紗世の内面にある暗闇、さらには物語終盤で見えてくる事件の全貌。モチーフにしている作品がありながらも、著者独自の桜への印象を描いているようにも思わせる作品でした。

「桜の樹の下には屍体が埋まっている」という名文が謎解きの鍵になるところも、ページをめくる手を止めさせない要素の一つになっていると思います。

余談になりますが、この解説を書かせていただいているときに桜が満開になったため、いつもとは違う美しさと喪失感、そして怖さを感じながらピンク色に染まる木々を見つめていました。

第4話『カムパネルラの復讐』は宮沢賢治《みやざわけんじ》氏の代表作の一つである『銀河鉄道の夜』がモチーフとなっています。未読の方のために簡単に説明すると、タイトルにもある「カムパネルラ」は『銀河鉄道の夜』の主要登場人物の一人です。

『カムパネルラの復讐』は、主人公である大学生が、なぜ「魂を運ぶ電車」に乗っているのかという謎を追うと同時に、銀河環状線ブルーラインで出会った金村という少年との関係性・過去が明らかになっていく物語になります。

本作では、「いじめ」が大きなテーマになっていると思いました。『銀河鉄道の夜』は、主人公と一緒に銀河鉄道で旅をするカムパネルラが、溺れているいじめっ子を助けようとした結果、溺死してしまっていたことが物語の結末で明らかになります。それは、あまりにも不条理な死因でした。……まさに、本作で言うところの金村と近しい境遇になりますね。

いじめはいつの時代であってもなくなることのない、重大な問題です。いじめた側といじめられた側では、全く感じ方が異なります。特にいじめられた側は、その後の人生を大きく左右されてしまうほど、心に深い傷を負うことになるのです。

『カムパネルラの復讐』は、モチーフとしている作品がありながらも、オリジナリティも全面に出し、社会への風刺的役割を果たす物語です。

ポピュラーな物語を題材にしているからこそ、活字に慣れていない方にも馴染みやすく、いじめについて考えるきっかけにもなるのではないかと思います。

続いては、太宰治《だざいおさむ》氏の代表作『走れメロス』をモチーフとした、第5話『せりなを書け』について。この作品は人間の心の奥底に沈んでいる黒い部分を、恐ろしいと感じるほどに描き出した怪作です。『走れメロス』が希望の物語であるとするならば、『せりなを書け』は絶望の物語と言えるのかもしれません。

まずタイトルについてですが、物語の中盤でその意味が判明します。中学校で飼育しているウサギを殺した犯人は誰なのか——その犯人を主要登場人物であるせりなだと、クラスメイトがでっち上げようとする場面でタイトルの意味がはっきりと浮かび上がるのです。読者への情報の出し方が絶妙で、物語の世界へと一気に入り込ませる象徴的な展開でした。

そして、なんと言っても最後の二行です。『走れメロス』といえば、友人であるセリヌンティウスのためにメロスが激走するシーンが印象深いと感じる方が多いと思います。友人のために走るのは、本作でも同じです。同じなのにもかかわらず、読後の印象が大きく変わる奇妙なところが、一番の読みどころでした。

本書収録の全6話の中でも、モチーフとなった作品と読み比べやすい物語なのではないかと思います。ぜひとも、授業の一環でも取り扱っていただきたいほどの作品です。

続いて、最後の作品になります。中島敦《なかじまあつし》氏『山月記』をモチーフとした、『山月奇譚』についてです。現代人……特に、若い世代の方には学びのためにも読んでほしい作品だと思いました。

『山月記』はいわば、「プライドと意識の高い男子」を巡る物語です。自尊心と自己顕示欲、そして他人を認められないプライドから自分の心を見失ってしまい、最後には……という展開になります。

『山月奇譚』では、「Vチューバー」という現代のトレンドと掛け合わされており、物語がより親しみやすくされています。

プライドが高いことは、必ずしも悪だとは言えません。ただ、捨てなければならない邪魔なプライドがあることは事実だと思います。これは、誰しもが抱える可能性がある、他人事にすべきではないことです。中島氏が『山月記』を通して伝えたかったことを汲《く》み取り、現代風にわかりやすくアレンジした、読者に優しい物語だと思いました。

終盤に、いわゆる「どんでん返し」が待っているのも魅力の一つです。加害者と被害者の視点が入れ替えられて語られていたというトリックが明かされることにより、それまで読者が持っていたイメージが、がらりと変化することになります。

このトリックがあることにより、「あなたは他人事にしていないだろうか」というメッセージが強まるのではないでしょうか。

最後に、全6話に共通して感じたことを少しだけ述べさせていただきます。それは、「作品への愛」です。

本書に収録されている作品を書いた著者の方々は、モチーフとした名作を熟読し、愛しているからこそ、物語を紡ぎ出せたのではないかと思います。

繰り返しになりますが、モチーフとなった名作を未読の方は、ぜひとも読み比べてみてください。そして、周りの人にもその魅力を伝えてください。

一人の読書好きとして、『名著奇変』のような作品をきっかけに、文学がより多くの方に愛されることを願っています。

著者略歴

第1話 —— 柊サナカ《ひいらぎさなか》

香川県生まれ。日本語教師として7年間の海外勤務後、第11回このミステリーがすごい！大賞隠し玉の『婚活島戦記』にて2013年デビュー。谷中レトロカメラ店の謎日和シリーズ、天国からの宅配便シリーズなど著書多数。趣味のフィルムカメラが高じて、暗室でプリントも行う。カメラ誌でも連載中。

第2話 —— 奥野じゅん《おくのじゅん》

神奈川県川崎市生まれ。2020年、第6回角川文庫キャラクター小説大賞優秀賞を受賞し、翌年デビュー。著作に『江戸落語奇譚』シリーズと『雨月先生は催眠術を使いたくない』、ボイスドラマ『八日後、君も消えるんだね』などがある。

第3話 —— 相川英輔《あいかわえいすけ》

1977年生まれ。西南学院大学大学院修了。2013年坊ちゃん文学賞佳作、15年福岡市文学賞小説部門を受賞。著作に『雲を離れた月』(書肆侃侃房)、『ハンナのいない10月は』(河出書房新社)など。

第4話 —— 明良悠生《あきよしはるき》

大学院にて心理学を学ぶ。公認心理師資格を取得し、児童心理司として児童相談所に勤務している。心理司の経験を生かしながら精力的に執筆活動を行う。子育てにも奮闘中。本書がデビュー作となる。

第5話 —— 大林利江子《おおばやしりえこ》

愛知県出身。第2回「TBS連ドラ・シナリオ大賞」大賞受賞を機に、脚本家デビュー。テレビ、ネットフリックスでの脚本担当作品は多数。函館港イルミナシオン映画祭第23回シナリオ大賞グランプリ受賞。その内容を小説化した「副音声」を2022年3月に刊行し、作家デビュー。

第6話 —— 山口優《やまぐちゆう》

1981年生まれ。東京大学大学院理学系研究科物理学専攻修了。現在、研究職。2009年、『シンギュラリティ・コンクェスト』で第11回日本SF新人賞を受賞しデビュー。2011年には『アルヴ・レズル -機械仕掛けの妖精たち-』が第7回BOX-AiR新人賞を受賞、アニメ化。2022年『星霊の艦隊』シリーズを刊行。

Hiiragi Sanaka "Letters in SNS", inspired by Hayama Yoshiki "Letter in a cement barrel"
Okuno Jun "Kagegui", inspired by Tanizaki Junichiro "In Praise of Shadows"
Aikawa Eisuke "Under the Cherry Tree", inspired by Kajii Motojiro "Under the cherry trees"
Akiyoshi Haruki "Revenge of Campanella", inspired by Miyazawa Kenji "Night of Milky Way Railroad"
Obayashi Rieko "Select Serina", inspired by Dazai Osamu "Run, Melos"
Yamaguchi Yu "The mystery moon over the mountain", inspired by Nakajima Atsushi "The Moon over the Mountain"

名著奇変

SIX HORROR MYSTERIES,
Revived From Masterpieces.

These stories, based on Japanese classics, are created by the next generation of novelists.

2023年6月8日　第1刷発行

著者
柊サナカ　奥野じゅん　相川英輔　明良悠生　大林利江子　山口優

発行者：大山邦興

発行所：株式会社 飛鳥新社
〒101-0003 東京都千代田区一ツ橋2-4-3 光文恒産ビル
電話：03-3263-7770（営業）　03-3263-7773（編集）
http://www.asukashinsha.co.jp

装丁：野条友史・小原範均（BALCOLONY.）

装画：ろるあ

挿画：旭ハジメ

編集協力：アップルシード・エージェンシー

印刷・製本：中央精版印刷株式会社

落丁・乱丁の場合は送料当方負担でお取替えいたします。小社営業部宛にお送りください。
本書の無断複写、複製（コピー）は著作権法上での例外を除き禁じられています。

2023, Printed in Japan　ISBN 978-4-86410-957-4　編集担当：内田威

© Sanaka Hiiragi, Jun Okuno, Eisuke Aikawa, Haruki Akiyoshi, Rieko Obayashi, Yu Yamaguchi